JN057957

「不条理」神崎琉吾のサバキ師

——魂の行き先——

山賀幸道
YAMAGA Koudou

文芸社

目次

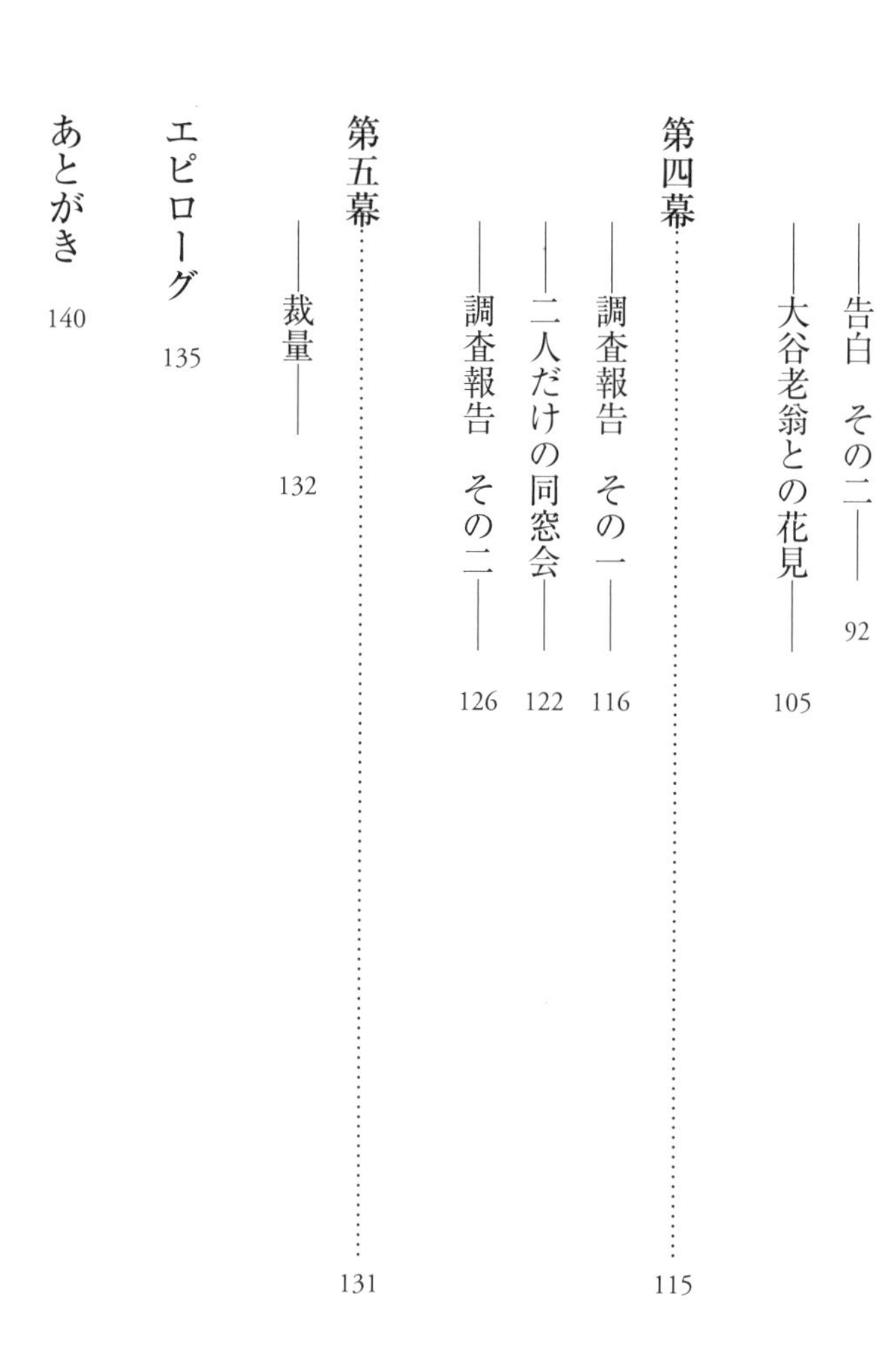

「不条理（ふじょうり）」とは、道理に反すること、不合理なこと、実存主義の用語で、人生に意義を見出す望みがないこと。

絶望的な状況、限界状況を指す。

フランスの作家、〝カミュ〟の不条理の哲学によって知られる。

プロローグ　――菜種梅雨――

時節は春の初めなのに……。

畑や道端に黄色の花が美しく咲き誇っている。その菜種草の小さく綺麗な花を、しとしとと霧のような雨が覆いつくす。この時季の雨を菜種梅雨（なたねづゆ）と呼ぶらしい……。

寺の境内の庭を横切って、更に奥に入り進んだところ、その一画が墓地となっている。

その墓地の小さな墓の前で一人の初老の男が立って手を合わせ、頭（こうべ）を垂れている。その後ろ姿は何とも表現できぬ淋（さび）しさが漂っている。男は傘も差さず、降る小雨に躯全体を曝して、まるで躯にくっついている眼には見えない何かを洗い流しているようにも見える。

男はぶつぶつと独り言のように念仏を唱えている。

「南無阿弥陀仏（なむあみだぶつ）、南無阿弥陀仏」

（おーい、こずえ！　一応のケジメはつけた。往生してくれ！　それとな、もう少し一人で待っておれ、この俺もお前のところに行くことは間違いないから……必ずな！　往生してくれよ！）

「南無阿弥陀仏、南無阿弥陀仏……」

その男の姿を寺の裏門のそばから、菜種梅雨の雨の中、傘も差さず、じっと見つめている女の姿があった。結城(ゆうき)ふみ子(こ)である。

（神(こう)さん！　こずえさんの心の叫び、聞いてあげたのね！　よかった、本当に！

こずえさんがやっと往生(おうじょう)できるわ。

神さん、ありがとう、私からもお礼を申し上げます……）

その頬(ほほ)には一筋の涙が伝わっていた。

まるで菜種梅雨のように……

第一幕

――予告なしの電話――

日本の四季を通して、ボク――神崎琉吾が大好きな時節がある。皐月の新緑の時季である。若芽が育ち、緑の色が新鮮さを感じさせ、眼に映える樹々の光景と同時に香りをも漂わす雰囲気――何とも心の奥底から爽やかになり、浮き浮きして嬉しい気持ちになる。

(……もう今年で還暦か！)

随分長く生かされたような想いが最近、脳裡を過る。事業家の端くれでも、第一線から退くと胸の内を心でしか見えない何かが通りすぎてゆく。

神崎には子供が居ない。妻と二人である。妻、佳子は神崎にとっては本当に出来の良い女房殿であった。

(全て、あいつの御陰で、ボクの今がある。あいつを大事にしてやらねばならない。子供が授からなかったことも、一人の人間として受け止め、一つの定めと考えよう。

それが人として生きる大切さだ……）と、書斎の窓から外を見てつぶやいた。

神崎は、街から少し離れた戸建ての住宅が立ち並ぶ新興住宅街の、その更に奥に入った場所に居を構えていた。中古であったが、日本式建築の古民家の風情が気に入って、五十代で手に入れたものであった。神崎も佳子もとても気に入った家で、特に自分の書斎から見える池と中庭の醸(かも)し出す風景は、まるで絵画のように映る。あまりにも静かで時の流れが止まっているような錯覚に陥る。

そんな安堵の時に、机上に置いてある携帯電話が鳴った。

総じて、約束をしていない電話、早朝の電話、真夜中の電話等々……、この部類の電話は大概、内容は嫌なことが多い。

神崎は机上の携帯電話を睨(にら)み付けるようにして握り、着信の「通話」ボタンを押した。

「もしもし、神崎ですが……どちら様ですか?」

受話器から聞こえるのは太く低い声で、今まで聞いたことがない。

「もしもし、神崎琉吾さん、本人ですか、ええ、どうも。私、S県のS警察署の刑事で、田上（たのうえ）と申します。ええ、た、の、う、えです。西口（にしぐち）こずえさん、ご存じですか？　そう西口こずえさんです。ああ、知っておられます。そう、ご存じ！　その西口こずえさんのことでお電話をさせてもらっています。ええ、その、西口こずえさんが、昨夜亡くなられました。自殺です。それで、ちょっとお話が聞ければ……」

（えッ、あのこずえが死んだ！　どうして！　何故だ！　どうしたと言うんだ）

　ボクの頭の中は一瞬にして白い靄（もや）で覆いつくされた。

　思った通り、嫌な内容の電話というやつは予測できる。何か胸騒ぎのような、嫌な気がしたんだ。まして、こずえとは単なる知り合いではなく、もっと深い付き合いを今までしてきたのだから……。

　ボクは田上さんに、必ず警察の方には参りますと返答をした。

　何の理由も詳細も一切解らないまま、ボクは女将（ママ）のフーちゃんに電話をかけていた。書斎の壁掛け時計は十時をすこし廻（まわ）ったところを指していた。女将の仕事（しごと）は夜が遅いから、どうだろうかな、と思いながら電話がつながってくれることを祈る気持ちだった。

「もしもし、神さん。お早うございます。どうなされたの？　珍しいこと！　こんな時間に私に電話をくださるのは」

「あッ、いや！　ごめんネ、フーちゃん、早くから。あのさ、突然なんだよ！　さっき、突然！　警察から電話があってさ……。こずえが死んだという連絡が入ったんだ！　自殺だって……」

「えッ、こずえさんが！　こずえさんが死んだ？　あのこずえさんが……？　何故？　どうして？　神さん、ちょっと……ねえ！」

フーちゃんの慌てふためいている姿が浮かんだ。それはそうだ。本当に突然のことなのだから。あヤツめ、とんでもないことを仕出かしてくれたな！　こずえの野郎！　そう胸の中で叫びながら、何とも言えぬ悲しみが湧き、ボクの目からは大粒の涙が頬を伝わって流れ落ちた。

ボクは涙を流したことをフーちゃんに知られぬように、冷静で落ち着いた口調を装った。

「フーちゃん！　それでボクはS警察署まで行こうと思うんだ！　今からさ……。フーちゃん、どうかな？　一緒に行ってくれないかい？　うちの奥(ヤツ)さんは、あまりこずえのことを知らないから。フーちゃんならその辺の事情はよく解っているからさ……。どうかな？　無理かな？　一緒に行ってほしいんだが……」

「……神さん、解りました、私で良ければご一緒させてもらいます。でも、何で神さんに電話が入ったんでしょうネ……？　ええ、すぐに準備して自宅で待っていますから。神さんは家を出たら、私のマンションへ寄って下さい。ええ、大丈夫です、待っていますからネ……」

ボクは、有難いと思いながら、会社にいるであろう政(マサ)に連絡を取った。

政も、

「えッ！　こずえさんが死んだ？　そんな！　本当ですか！　親父(おやじ)さん、大丈夫ですか！

ええ！　解りました。車を手配して、親父さんを迎(むか)えに上(あ)がります。ええ！　女将(ママ)も一緒にですね！　はい、解りました。そうですネ、三十分位、時間を見て下さい、自宅の方へお迎えに参ります。それじゃ、後程……」と、応えてくれた。政も相当に吃驚(びっくり)している様子が電話の声からも察(さっ)せられた。ボクは、妻の佳子にこれまでの大体(だいたい)の話をして、喪服(もふく)に着替え、政が来るのを待った。

政が車で迎えに来て、ボクとフーちゃんを乗せてS警察署に向かって出発したのは昼前の十一時頃である。ボクの住んでいるF市からS警察署までの所要時間は約一時間位……もう警察署までの道順も車のナビに打ち込んであるので大丈夫と、政が運転しながら話した。

ボクもフーちゃんも政も、暫く車の中では無言であった。一人ひとりがこずえの元気な頃の姿を想い出しているのであろう。そんな重厚で静寂な空気の中、フーちゃんが、

「政さん！　政さんも立派になられましたネ。こうして神さんを迎えに来て、みずからハンドルを握って……。ほんと、あの昔の姿を思い出しますよ！　若い頃の政さんの姿をネ……。神さん！　政さんで良かったですね。会社のこと、全て政さんに任せて。神さんは本当に人を見抜く目を持っておられますよネ」

今回の件とは無関係な話題でボクの顔を覗きこむような素振りで話しかけてきた。

「…………」

「神さん！　少し話を……と言っても、こずえさんが亡くなったのですから、まあ、こんなときに……何を言っているんだ！　少しも現状を理解していないな……という顔つきですよ！　神さん！　ねえ！　政さんはどう……」

　政は運転しながら、サングラスを取って、バックミラー越しに、

「あぁッ、いや、本当に吃驚（びっくり）しましたよ！　親父さんの電話で――。こずえさんと最後に会ったのは確か、彼のお母さんが亡くなったという報告を親父さんにされたときですよ。そう、女将（ママ）の店〝徒（つれ）づれ〟ですよ。もう半年位前のことですよね、親父さん、そうでしたよネ？

『今から自由に生きてやる』と、元気満々に喋っていたじゃありませんか！　あのこずえさんがネ、自殺？　うーん！　何とも言えませんよ！　女将（ママ）！　親父さん、そうですよネ」

　ボクは車の窓から見える景色をただぼんやりと眺めていたが、こずえの顔が頭の中から消えゆくことはなかった。

（こずえは何故、死を選んだのか！　本当にアイツは自由の身に成ったんであろうか！父親を亡くし、続いて母親を亡くし、形式的には一人となった。その時、アイツは本当に、自分は自由であると自覚したのであろうか？）

ボクは警察署（サツ）の駐車場に着くまで、フーちゃんとも、政とも、結局一言も会話することはなかった。

腕時計に目を落とした。

（十三時十分か……）

警察というところは、いつ来ても同じ臭いがする場所である。遥（はる）か昔のことを、このボクの体は忘れてはいなかった。警察の入り口の門を潜（くぐ）るとき、一瞬、フーちゃんと目が合った。

（神さん、大丈夫ですか！）と無言で聞いているのを感じ取った。

（ああ、大丈夫だ！　心配するなよ！）

ボクも目で返した、警察署（サツ）の中で刑事課の札の掛かった部屋を探し、ドアをノックして中に入る。

「失礼します、神崎と申します。田上刑事は居られますか？」

声を大にして部屋の中を見廻した。部屋の奥の机から一人の男が立ち上がり、

「あい、あいよ、ちょっと、待ってて。今、行くからさ……」

電話を切って、背広の上衣(うわぎ)を着ながら、ボク達の方に近寄ってきた。

人相は刑事(デカ)の面(つら)である。年齢は若い方の部類であろう、服の上からでも体の骨格(こっかく)と筋肉(きんにく)は確(たし)かめられた。

（なかなか面(つら)も体もいい、こヤツ、刑事(デカ)にしておくのは勿体(もったい)ないな……。さて、人間的にはどんなヤツかな！）と、

ボクは近付いてくる一人の刑事の姿を見ながら、心の中でつぶやいた。田上は打ち合わせ用のソファーに座るように、指さしながら、

「どうも、どうもご苦労様です。神崎さん……ですネ。私、田上と申します、担当している刑事の。よろしくお願いしますよ！」

と言って、名刺を一枚、ボクに手渡してソファーに腰を下ろした。ボクは、今はほとんど使っていない会社の名刺を差し出した、政も一緒に自分の名刺を出して応対し

た。

「神崎琉吾です。この度はいろいろとご迷惑をおかけしまして、まずはそのことを重々、おわび申し上げます。私どもの方こそ、よろしくお願い申し上げます」

ボクは一般的挨拶をして頭を深く下げた。政もフーちゃんも一緒に頭を下げて、ソファーに腰を下ろした。

田上刑事は低音で響く声で静かに口火を切った。

「本当に今日はご苦労なことで、心中、お察しします。神崎さんにはちょっと納得がいかない節もあると思いますから、私から御説明させてもらいます。

西口こずえさんは、昨夜、S市内の河原で亡くなられました。第一発見者はこの町の住人で男性の方です。早朝ランニングをされている途中に見つけられたと報告がありました。

死因は睡眠薬の多量摂取です。その睡眠薬の空き瓶も発見されています。私も今朝、通報を受けて、すぐに現場に駆けつけて確認しました。事件性はありませんので自殺と判定しました。ご遺体は署の遺体安置所にあります。あとで確認をお願いすることになりますが……」

淡々と状況を話す田上刑事の顔を、ボクは瞬き一つせず、じっと見つめた。

「田上刑事さん、亡くなった西口こずえさんから、どうして私の連絡先が解ったのでしょうか……?」

田上刑事は、それはごもっともな考えと言わんばかりの面で、

「ええ、そうですよネ。これですよ、遺言状です」と言うと、書類箱から封筒を取り出し、

「西口こずえさんのご遺体の傍にカバンがありまして、その中に入っていました。身元確認のため、中を調べまして、免許証から西口こずえさんと判明したのです。

それで、私達も身内、親戚の方々に連絡を取ろうとしたのです。ですが、身内の方は既に亡くなっておられ、数少ない叔母さんや、従兄弟の方にも連絡を入れたのですが、こずえさんとはもう縁を切った状態なので、今さらこんなことを言われても困るし、署の方に出向くこともできないという返事だったです。まあ、署の方でも困りますので、遺言状の宛名の『神崎』さんへ連絡を差し上げたというわけなのですよ!」

「…………」

「神崎さん！　これなんです。これを開けて読んで下さい、頼みますよ！　兎に角、中を見て、神崎さんに確認してもらわないと、西口こずえさんを引き取ってもらえなくなりますから……」

ボクは無言で頷き、卓上の遺言状に手を伸ばした。そのとき、フーちゃんと目が合った。

（神さん！　開けて読んであげて……）と、フーちゃんが囁いているように思えた。

ボクはフーちゃんを見つめ、無言で承知したと合図をして遺言状を開いた。

神崎琉吾様へ

神崎さん、本当に御免なさい。

僕は今日、死んで自分を許します。

僕のあとのことは〝神崎琉吾氏〟、貴男に任せます。

「お前さん、何んでや？」という声が、今も耳元で聞こえます。
本当に数十年間、お世話になりました。
有難うございました。心から御礼を申し上げます。
死んで行った後まで御迷惑をお掛けすることをどうか許して下さい。
女将さん、政さん、御免なさいね。
今まで有難うございました。
許して下さいね、僕の分まで長生きして下さい。

追記
神崎琉吾氏への連絡番号
ケイタイ　○○○-○○○○-○○○○です。

○年×月×日
西口こずえ　㊞

ボクは遺言状らしき文章の文字を、心の中で読み上げた。開いた紙面をフーちゃんと政に見せた。

フーちゃんは眼を通すと、つぶれた濁り声を出し、両手で口元を押さえ、涙を流した。政も目を真っ赤に充血させ、頬を涙が伝わっていた。

暫く黙していた三人の姿を目で追いながら田上刑事が静かに冷静な口調で語りかけた。

「神崎さん！　今までの流れで、この現状をご理解いただけたでしょうか。ええ、連絡を取りましたのも、ちゃんと電話番号が記載されていましたからです」

ボクは黙って頷いた。

「いや、いや、神崎さんが話を解っていただければ、警察（うち）の方も助かります。兎に角、ご遺体を確認して下さい。今すぐ案内しますから……」

田上刑事はソファーから立ち上がって自分の机に向かい、部下と打ち合わせをすると、書類を持って再度、ボク達の所へ戻ってきた。

「じゃッ、神崎さん！　案内します、どうぞ！」

地下一階の遺体安置所へ案内され、こずえと再会した。

こずえは静かに眠っているように見えた。ボクは手を合わせ、こずえと向かい合った。

人間というヤツは、不思議な動物である。その場、その時、その状況で心の中は、ものすごい激流を作り、体中の血液が暴れまくり、移り変わるものであろうか！

ボクは友であるこずえの死という現実に今、出くわしているのに涙一つ出てこない。

（おい！　お前さんは泣かないのかい！　涙を流さないのかい！　友が死したというのに！

お前さんは非情な男だなあ！　薄情だなあ。友の死体を目の前にして、何の感情も湧かないのかい！

おい！　神崎琉吾よ！）

と、ボクの心の中で、もう一人のボクの声が囁くのである。

※※※※※

こずえの遺体確認は淡々と進められ、終了後、二階の打ち合わせ室に戻った。

田上刑事が、

「神崎さん、どうされますか？　西口こずえさんのご遺体は、こちらで茶毘(だび)に付されますか？　それとも、ご遺体のままで、神崎さんの住居まで連れて帰られますか！　どうされるか決めて下さい。私共の方でも手続きがありますので……」

ボクは政の顔を見詰めた。政が、

「親父さん！　茶毘に付されるでしょう……その方が良いと思いますよ、親父さん！」

「…………ああッ、政、そうしよう。田上さん！　そういうことで、お手数ですが手続きを進めて下さい。お願いします」

（この刑事(デカ)は葬儀屋からバックマージンを受け取っているな！　コヤツの取り分は葬儀代金に上乗せされるという寸法だ）

「ええ、解りました。それじゃ、こちらの部屋で待ってて下さい。今、若い者に書類のほうすすめさせますから……。じゃ、霊柩車、葬儀屋などの手配も必要ですね！」

　話を聞いていた政が「田上刑事さん！　その手配は大丈夫です」と口を挟んだ。

「私の方で既に手を打ってありますので！　書類の方、死亡診断書、火葬手続きの方を、よろしくお願いします。それと、葬儀屋がここに来るまで、この控え室で待たせてもらってよいですかネ！　親父さん、女将（ママ）さん、今暫く、ここで待っていて下さい。ワシが全てを手配して準備をしますから、それまで田上刑事さん、よろしいですよネ！今少しの時間をお願いします」

　田上刑事は無言で頷いて、若い警察官に向かって、

「おい！　お茶を用意して打ち合わせ室へ持ってきてくれ！　俺はちょっと、神崎さんと話をしているから……」

　打ち合わせ室では、田上刑事、神崎琉吾、女将（ママ）の結城（ゆうき）ふみ子の三人がソファーに静かに座っていた。

　お茶が用意されて、田上刑事が、

「神崎さん！　ちょっと、いいですか！　これは、今回の西口こずえさんの件とも、

事件とも何ら関係ない話ですが……実は私の個人的なことで！　ちょっと……」

ボクは何のことか？　と、不思議そうな顔つきで田上刑事の顔を見つめ、

「……はあ、何か僕に！……どうぞ、よろしいですよ！」

「神崎さん、この田上という名字に何か、何か記憶はございませんか？　田上という名前です……もう昔のことです。そう、何十年も前のことです……」

「……何十年、いや、ずいぶん古い話ですね、私も今年、還暦を迎えました。ええ、六十歳ですよ！　今じゃ、あまり記憶力も若いときと比べると落ちてきましてネ……どうもすみません……田上さんネ……田上さん……」

「そう！　田上警部補です。K繁華街の近くの……K警察署の刑事で……田上警部補！どうですか？……」

「う……ん、よく、覚えていませんネ、申し訳ありません。時間があまりにも経ってい ますし、もう歳が歳ですから……」

しかし、ボクは忘れてなどいなかった。

(田上警部補……おッ！　あの刑事さんか、いい男であった！　警察の人間にしては

めずらしい性格の男だったなあ、だが、これはお前さんに話すことではないからな！）

「……そうですか！　いや、いや、それは申し訳ないです。神崎さん！　何も気にされることはありませんよ！……私の個人的なことですから……。どうも、有難うございます」

　田上刑事は、さらりと流すような言葉遣いで、その話を打ち切って黙した。ボクも女将（ママ）も言葉を発することなく、時が静かに流れた。

　神崎琉吾自身、時間の流れに気を廻す様子は微塵（みじん）も見せなかった。じっと黙して、静かに体（てい）を保っていた、その静寂（せいじゃく）を破り、政が、ボク達を呼んだ。

「親父さん！　女将（ママ）さん！　長いこと待たせてすんません。準備が整いました。こずえさんを連れて帰りましょう、一緒に！　さあ！」

　大きく響く声に、ボクは無言で頷き、静かに立ち上がって、田上刑事に挨拶をした。

「田上刑事、今度の件では本当にお世話になりました。西口こずえさんを私共の方に引き取らせていただきます。書類、手続き等々で大変、お手数をかけて申し訳ありませんでした。あとは引き受けましたのでご安心下さい。本当にご配慮有難うございます」

ボクが深く頭を下げると、フーちゃんも政も一緒に頭を下げた。

政の手配は実に素早かった。こずえの遺体は、葬儀屋の車で火葬場に連れていき、そのまま荼毘に付した。小さい骨壺の中に納められ、今はボクの膝(ひざ)の上で……こずえの母親に抱かれているかのように……静かに安堵(あんど)しているようにも思えた。S市の火葬場を出発したのは、その日の夕方であった。

政の運転する車には、ボクとフーちゃん、政、そして遺骨(いこつ)となって、ボクの膝の上で見守られているこずえ！　そう、三人の人間と個体となっている一つの物が、同乗して女将(ママ)の店、「徒づれ(つれ)」に向かった。

ボクは車の中で言葉を発することなく、こずえの遺骨を抱いて静かに車窓から外を眺めている……。政も、フーちゃんもボクの心中を察して、声を掛けることもなく、車内は、よりいっそう静けさを増していた。

一時間ちょっとで、「徒づれ」に着いた。先刻、ボクが警察署を出て火葬場に向かう途中、こずえを荼毘に付したあと、遺骨を持ってフーちゃんの店に寄り、今日は三人でこずえの通夜をやってやろうと提案していたから……。

店の小上がりのテーブルの上に遺骨を置き、三人だけ、何とも淋しい、ボクとフーちゃん、政の三人による通夜が営まれた。

――淋しい通夜――

お互いで思い出す全ての事柄、それは元気そうな顔でつくり笑いをして、半分照れているこずえの姿であったかもしれない。

神崎は卓上の遺骨に両手を合わせ、静かに頭(こうべ)を垂らし、黙祷(もくとう)を続けていた。そんな神崎をそばで見ていたフーちゃんが、

「ねえ！　神さん！　神さん!?　こずえさんをこの店に連れて来たのは……もう何十年も前だったわね！……私ネ、つい昨日のように思えるのよ！　ねえ！　あのときのこずえさんの顔が、本当に忘れられないわ！　……何で死んだの！　こずえさん！　こずえさん！　何で、馬鹿！　大馬鹿よ！　そうでしょう、神さん！　政さんッ！」

独り言のようにこずえの遺骨に向かって叫ぶフーちゃんの頬を、大粒の涙が滝のように畳に零(こぼ)れ落ちた。

神崎は頭を上げ、目を見開いて、フーちゃんの方を向き、

「なあ！　フーちゃん、泣いてもいいんだよ！　思い切りな！　こずえもその方が嬉しいと思うよ、遠慮なんかすることないよ。ボクも本当に悲しいよ、淋しいよ！　本当に！　この年齢になって、ボクより若いこずえが先に旅立つなんてさ！　おい！　こずえ！　なんだいお前さんは！　おい！　それで本当に幸せだと言えるのかい！　おい！　こずえ!!　……」

…………


小上がりの中央にある卓の縁を両手で押さえ、張り詰めていた一本の糸が切れた。集中豪雨で堤防の一ヵ所が決壊し、町に一気に浸水するが如く号泣する。神崎の頬を、大粒の涙が滝のように流れ落ちた。神崎、フーちゃんの痛ましい姿を見て、政が、

「親父さん！　大丈夫ですか！　本当に辛いんでしょう、心中察しますよ！　でも、ワシはどうしても信じられないんですよ、こずえさんが自殺するなんて。そうでしょう、親父さん！　女将さん！　じゃ、半年前のあの姿は何だったのですか？」

と、目を赤くして涙を流しながら訴えた。

「そう、そうよネ、政さん！　ねえ、神さん！　神さんは今、何を思っているの！

じゃッ、覚えているわね！　あの日のこと！　そう、あの日のことよ！　神さんと政さんが、競馬場でこずえさんと知り合い、この店に連れてきたあの日よ⁉」

「……ああッ！　よーく覚えているよ！　あの日をネ！……」神崎は遙か遠くを見つめ頷いた。

第二幕

――こずえとの出会い――

ボクがこずえに出会ったのはもう十年も前のこと。場所はT県にあるN競馬場で、ボクが五十歳の頃であった。時代は昭和の時空から平成の時空になり代わった秋口の日曜日のこと。その競馬場の中でこずえと出会った。当時のボクは競馬愛好家というより、博打（ばくち）の感で競馬と接している一人であった。

丁度、昼食の時間でレースは中休みのときである。競馬場での楽しみはレースで銭を賭けることは最大の醍醐味（だいごみ）であるが、何といっても旨い酒とつまみで次のレースを予想することが堪らなく好きなのだ。そう、心の底からワクワクして気分が上昇してくる、この感情は実際に味わった人以外が理解するのは無理（むり）であろう。

ボクは、いつものように休憩所の空いているテーブル席に座って、酒とつまみに舌鼓を打っていた。そのとき、どこからともなくこずえがやって来た、

「済みません！　この席いいですか？」

「ああッ、空いているよ！　どうぞ！」

ボクはこずえの顔を見ながら、いすを少し横にずらし、席をすすめた。こずえはいすに腰かけ、テーブルの上に持参した競馬専門誌を広げ、赤ペンでマークしながら、生ビールの中ジョッキを口にして独り言ごとのように「旨いなあ……」と、つぶやいた。

このような場所、そう競馬場、博打場……に来る族輩（やから）は大概の者が、他の人を仲間として話しかけたい、根が淋しい人間なのだ。こずえもその根の持ち主の一人であろう、ボクは心の中で思った。酒とつまみを味わって、そ知らぬ顔でいたが、こずえの風体は端（はな）から観察済みである。はいているジーパン、着ているポロシャツとも、一応メーカー品、履（は）いている靴も今どきの流行りの品で若者向きである。こずえの顔つきはどちらかと言えば女形（おんながた）の細めで、髭（ひげ）は濃い部類である。髭剃（ひげそ）りの跡がくっきりと残っている。縁無しの眼鏡を掛け、一見インテリ風に映るがそれほどの人物ではあるまい。眼鏡の下の瞳が周囲（まわり）の人の動向を絶えず追い、落ち着かない。

……こういう男は大体気の弱い、神経質な性分である。その本質を他人に気付かれまいとして振る舞っているが、内心はいつ本性を見抜かれるかと冷や冷やなのだ。

ボクはそんなこずえに話し掛けてみようとした。どうせ今は一人だし、酒のつまみになる。話が聞ければ幸いと、

「君も競馬好きなのかい？」

こずえはドキッとした顔つきで、

「ええ……でも、好きか嫌いかといえばどっちでもないですかね！　暇なもんですから……時間潰しですよ！　やることがないもんですから……すみません」

何とも白けた、味気ない返答ではないか。ボクよりも若いくせに、張りのない声で！

「そうかい、暇か！　まあ、ここに来ている連中は皆、暇人なのかもな！　そう、時間潰しよ！　ハハハ……」

（若いもんなのに！　人生をもう棄てて、無力の反抗か！　お前さん、可哀相な男だよ！）

ボクは心の中でつぶやいた。

こずえは生ビールの中ジョッキを口にして、ジーパンのポケットから柿ピーの袋を

出し、むしゃむしゃと音を立てて食った。そこにまた、生ビールのジョッキを口にして、ズウーズウーと音を立てて飲んだ。

何と下品な、汚い仕草だ！　周りの人たちが、その姿を見れば、嫌らしい中年のおっさんに見えるだろう！

その上、まだ、口の中に食べ物が残っているのに、

「先輩！　競馬は儲かりますか？　僕は、あんまり儲からないと思っていますよ！　でも、でもですよ！　儲かる方法があれば、先輩、是非教えて下さよ！　頼みますよ！　どうですか？」

馴れなれしく話しかけてきた。

（こヤツ！　ずいぶんいい度胸をしてやがる！）

「そう、競馬で絶対儲かる方法ネッ！　それは困ったな！　難しい問題だよね。競馬は賭け事だからネ。まあ、誰でも思っているよ、勝つ方法を見つけたいと。最高だろうネ、見つけられればネ。でもね！　見つけたとしても、そのことを誰にも教えないと思うよ。そんなもんだろう、人間なんてさ。まあ、損しない一番の方法は、競馬を

やらないことだよ！　それが一番いいことだよ！」

　ボクはさり気なく答えた。こずえは眼鏡の下の瞳をキョロキョロさせながら、

「そう、そうですよネ、それが一番ですよ！　競馬なんて所詮、博打ですから！　どうせ裏で馬主が話し合って、勝ち馬を決め、レースをやらせておるんでしょう。競馬なんて、糞八百長（くそやおちょう）でしょう！　まあ、僕にはどうでもいいことですがネ。だから適当で、そう、適当で……十分です。うふッ、うふふ……」

　ボクはこずえの太々（ふてぶて）しい態度、顔つき、言葉遣いに嫌悪の情を抱いた。

（何がだ!!　こヤツめ！　お前と俺とは経験が！　そう場数が違うんだ！　おい、お前のようなど素人（しろうと）がデカい口をたたくんじゃねえ!!）と心の中でつぶやき、

「君、君ネ！　酒を飲むかい？　生ビールかい！　一杯奢るよ！　これで、そこの売店で日本酒一合と君の好きな酒とつまみを買ってきてよ」

　と、二千円を渡した。こずえは嬉しそうな顔をして、

「あッ、いや、すみませんネ、奢（おご）ってもらえるんですか？　有難うございます。じゃ、すぐ買ってきますから、日本酒一合、冷やですね！　僕はウーロンハイをいただきま

す。ちょっと、待っていて下さい」

こずえは丁寧な言葉遣いで返答し、小走りに売店に向かった。

ボクは莨（たばこ）をふかしながらレースの検討を始めた。束の間、こずえは両手に酒とウーロンハイを持って、にやにやしながら、

「はーい！　お待たせしました。買ってきましたよ、先輩！」と言って、テーブルに飲み物を置きながらいすに座った。ボクは新しい冷酒のコップを口にし、

「この一杯が極上だね！　旨いよ」

「あぁッ、そうですか？　お酒、本当に好きなんですネ！　僕はあんまり強くないんです……が……好きですよ！」

ボクとこずえは小さめのテーブルを囲んで、酒とつまみでくだらない世間話で時を過ごした。

暫くして、こずえは持っていた肩掛けバッグから手帳を出し、その間から一枚の名刺を抜き、

「遅くなりましたが、僕、西口こずえと言います、よろしくお願いします」と、名刺

を差し出した。

ボクは、内心びっくりした。

（こヤツ！　まじかよ！　名刺を出すなんて⁉）

ずいぶん長いこと、競馬をやっているが、場内で初めて会う人間に自分の名刺を出す、否、貰ったことなど一度もなかった。

それはそうである。大概の人がいい加減な名で、その場凌ぎで誤魔化すのが当たり前の博打場！

（こヤツ！　変わった男だなあ！）

ボクは熟く思い、名刺を見ながら、

「君、西口こずえ君というんだ？　あッ、ボクは神崎と申します。まあ、よろしくな！これも何かの縁だなあ。まあ、それが競馬場っていうのも乙だな」

こずえは妙に嬉しそうな顔つきで、

「そうですネ。僕、今日、競馬場へ来て良かったです。神崎さんに会えたから……。僕、友達があんまり、いや、ほとんどいないんです。……だから嬉しくて――知り合いができて！　いいですよネ、神崎さん！　頼みますよ」

　今までのこずえとはまるで別人のような、表情、明るい笑顔でなれなれしく話し掛けてきた、ボクはそんなこずえを見て、

（コヤツ、根はいい人間なんだろう！　まあ、今日は付き合ってやろう！）

　心の中でつぶやいた。

　昼食休憩が終わり、午後のレースが始まった。ボクはいつもと変わらず、自分流のやり方でレースを予想して楽しんだ。こずえは静かにボクの背後に立っていた。

（コヤツ、競馬はできるのか？　馬券は買っているのか？　まあ、邪魔はしないし、放っておこう！）

　ボクは知らぬ顔で、あえて相手にせず、自分の遣り方に集中していた。時間通り、坦々とレースは行われる。今日のメインレースのパドックの時間がきた。

　丁度、そのとき、政の声が聞こえた。

「こんちわ！　親父さん、遅くなりました」

　頭を下げながら傍に寄ってきた。

「おおッ、政、お疲れ様。まだ十分時間はあるさ。ちょっとまってて、今、買い目を決めるから――」

「ハイ、了解です」

しっかりと応える政は、相かわらず着こなしも一流だ。背広を着なくてもなかなかダンディな服装で決めている。

(政はいい男に成長したものだ！　俺の目に狂いはなかった！)

と、心の中でボクはつぶやいた。

こずえは、突然現れた政に、一体こいつは誰だとでも言いたそうな困惑した面持ちだった。

「ちょっと。西口君、こずえ君！」

と、声を掛けた。

「あんな、この男(ひと)、吉岡政也(よしおかまさや)君。そう、私の会社の人間、だからさ、君は何も気にすることないよ、大丈夫だからね！」

こずえはボクの声で正気を取り戻したらしい。政に向かって、

「僕、西口こずえといいます、よろしくお願いします」

頭を下げた。政はそんなこずえの態度にちょっと、場違いな雰囲気を感じたらしいが、

「ああーッ、吉岡です。どうも……よろしく」

と、返答した。

そのとき、場内にメインレースの馬券購入最終締め切りの案内が響いた。ボクは政に予想した買い目と金額を伝え、購入を頼んだ。その一部始終をずっと傍で見ていたこずえは吃驚(びっくり)した顔で、

「えッ、そんなに！　そんなに買うんですか？　一レースにですよ！　何十万円でしょう？　えッ、そんな!!」

素っ頓狂(とんきょう)な顔と声、政は横目で見て、

「ええ、そうです、親父さんのいつもの買い方です、親父さん！　すぐに買ってきますから!!」

小走りで馬券売場へ向かった。

ボク、政、こずえ、三人一緒で一階のレースがよく見える場所に陣取った。直後、レースはスタートした。時間にして一分少々のレースである。それはあッという間に終了する。場内ではどよめき、嬉しい声、悔やしい声が入り乱れていた。その光景が博打場の慣例なのだ。

政がボクの顔を見て微笑み、

「親父さん、お見事、ずばりです。配当は八倍、これで百六十万。投資分は四十万の張りですから、百二十万の儲けです。流石ですね、上手い！」

「あぁッ、政、いいね、御馳走様だね！　じゃ、何か食べに行こう――なぁ！　西口君、どう、一緒に行かないかい？　時間があれば。いいよ！　奢るよ！　どう――」

ボクと政の会話を、ポカーンとした顔で聞いていたこずえに声を掛けた。

「えッ！　はい、はい、付いていきます！」

こずえは明るい笑顔で答えた。

――こずえの素性――

S街の繁華街の一角にある小料理屋「徒づれ」の中。ボク、政、こずえの三人は店の中の小上がりで卓を囲んで座していた。

女将(ママ)のフーちゃんが、

「ねえ、神さん、つまみは私の見繕いでいいかしら?」

「ああッ、いいよ、フーちゃんに任せるよ。瓶ビール、日本酒も頼むよ!」

政が立ちあがって、

「女将(ママ)、酒はワシが用意しますから」

「あらッ、ごめんなさいネ、政さん! いつも政さんにやってもらって。すみません!」

その会話や振る舞いを、落ち着かない目でキョロキョロ見廻すこずえに気付いたボクは、

「あッ、そうだった。そう、西口君から名刺を貰っていたんだよネ!」

と、ポロシャツの胸ポケットから取り出し、卓の上に置いた。

「改めて、ボクはこういうものです。よろしくネ」

と、自分の名刺をこずえに渡した。こずえは名刺を見ながら、

「株式会社神崎コンサルタント、代表取締役、神崎琉吾。えッ！　会社の社長さんなんですか！　神崎さんは！　すごいなあ！」

その名刺を舐めるように見た。その目つきは何にも例えられぬいやらしさがあるように、ボクの心の中に映った。政が、

「そうなんですよ、親父さんはうちの会社のトップなんですよ！　西口さん！　まあ、いいじゃないですか、その話はちょっと、おいてさ！　兎に角、まずビールを飲みましょうよ！　今日は親父さんの奢りですから、遠慮なんかいりませんよ、さあッ！」

卓上の瓶ビールを持ってグラスに注ぎ、ボクの方にも向いて、

「親父さんはビール⁉　それとも日本酒で？」

と、政がその場を繕う。ボクは微笑んで、

「そうだな、政、ボクは日本酒を貰うよ！」

と、グラスを差し出した。政が、

「じゃッ、今日は一日お疲れさまでした。親父さん、どうも。西口さんもどうも……」

そう言って、何ともいえない乾杯をやり、ボク、政、こずえの三人での宴会が始まった。

たわいない話で、暫くの時が流れた。フーちゃんが作ってくれたツマミをつつきながら、

（コヤツ、どんな男なのか？）

ボクは目の前でビールを呷（あお）っているこずえという男に何故か興味が湧いて……

「なあー、西口君、今日さ、競馬場でボクに名刺をくれたよネ……君さ、アパート経営しているの？　それとさ、君、絵も描いているのかい？　プロなの？」

「――――」

「いやッ、ちょっとネ、思ったんだよ！　君がボクにくれた名刺の上段に『アパート経営』『画家』と印刷されているだろう、だから聞いてみたのさ！　別に深い意味は

何もないんだけどネ……」

「――――」

「えッ！　そうなんですか？　西口さん！　不動産経営？　その上、絵描きさん？

そりゃッ、すごいなあ――」

政まで興味津津（しんしん）で、体を乗り出すようにこずえに質問を浴びせた。こずえは今まで

の表情とは裏腹な、（どうです、俺は立派な人間でしょう！　立派なんですよ！）と

言わんばかりの面（つら）をして、

「ええ！……まあ、一応です、まあ、一応……」

政はその返答を聞いて、

「でも、そりゃすごいよ！　西口さんは！　まだ若いのに！　大したものですよ!!

アパート経営をやって、画家でもあるなんて。何か洒落ていますネ、そうですよネ、

親父さん！」

ボクは微笑んで頷き、座しているこずえの表情を終始観察した。

（もう、他人の身の上をさぐらないでよ！　あまり触れないでよ！）とでも言いたそ

うな顔つきでお愛想笑いを浮かべていた。

「おい、政。そう突っ込んで聞くなよ！　西口君には、西口君のやり方、考え方、生き方があるんだから――そうだろう？　……ところで、西口君、今日はどうだった？　今日の競馬の成績さ、馬券、買っただろう？　もし、その馬券持っていたら見せてよ、ボクもいろいろ勉強したいからさ。どう――」

　ボクは話を競馬に切り替えると、こずえは嬉しそうな顔つきに戻って、

「はい、持っていますよ！　僕はハズレ馬券を捨てたりはしません！　絶対にネ。だって、そうでしょう、自分のお金を賭けたんですから！　負け分はいくらか、ちゃんと覚えておくために……ほら、こうして持っていますよ！」

　バッグから外れ馬券を取り出し、

「神崎さん！　僕は、馬券は単勝・複勝のみしか買わない勝負師ですよ！　神崎さんなら解ってもらえると思います。賭け金は少額ですが、僕は男ですから、一本勝負なんですよ！　ほらーッ」

　得意そうな顔で外れ馬券購入の説明まで加え、

（どうですか！　すごいでしょう、僕は！　僕は男ですからね！）

こずえは、更に誇らしげな表情を見せた。

ボクはそんなこずえの顔を見つめながら、

「どれ、どれ……うん。単複勝負ね！　ずいぶん力を入れたネ。えーと、全部で二万円の投資だね、それで儲け分は？……こりゃッ！　痛いなあ！　全部外れだネ――まあ、そういうときもあるさ！　なあ――」

政までその馬券を覗き込むと、

「ありゃー、すごいや、この張り方！……でも、ちょっと、これじゃズブの素人さんの張り方ですネ！」

と、つい口を滑らした。

途端に、こずえの顔が引き攣り、眼鏡の下から睨みつけるような顔つきで、口を尖らし、

「何がですか!!　吉岡さん！　いいじゃないですか、僕の勝手でしょう！　僕は男の勝負をやっているんです、単勝、複勝の！　余計な口を挟まないで下さいよ!!」

と、強い口調で政に向かって吐き、

「神崎さん！　そうですよネ！」と、ボクの方に助け船を求めた。

（コヤツ、頭にきたのか？　それにしてもずいぶん、短気な男だな！）

ボクは内心、そう思いながら、

「まあ、まあ！　西口君！　そうカッカしないで！　政も政だよ！　もう少し言葉に気をつけて喋ってな、いいかい！　あのな、西口君。政が言いたかったのはね、そう、君の馬券の購い方さ。銭の張り方だよ！　君の張り方では損をする確率が高いんだよ、それで、政はあんな言い方をしたんだよ！　悪気なんて少しもないし、馬鹿にしてなんていないよ。損をなるべくしないように馬券の張り方を考えて購う方が得策と思うよ。

　まあ、あまり無茶をしないでやればいいと思うよ！　解ったかな！」

「ええ、そうですね、神崎さんの言われる通りだと思います。吉岡さん、すみません、大きい声を出して怒鳴って――」

　ばつの悪そうな顔で、こずえは頭を下げた。

「いや、いや、私のほうこそ、余計なことを言って申し訳ない――」

政も頭を下げた、こずえの表情が段々と穏やかに変化していった。

「ところで、西口君、君の名前、『こずえ』というんだネ、何か女の子の名前みたいで、ボクは少し吃驚したよ、その名前はお父さんが付けて下さったの？」

こずえは少しはにかんだ顔で、

「ええ――その、その名前のこと……、僕も自分で何か恥ずかしい感じなんです。男の子の名前じゃないみたいとよく言われるんです……僕が知らないうちに付けられた名前ですから、でも、しょうがないです……しょうがないんですよ！……」

今度は落ち込んだ表情で返答した。

ボクは、

（こヤツ、神経が相当に細かいな！　何でも考えていることが、すぐに態度や顔に出るタイプ――。心の病気持ちなのか？）

心の中でつぶやいた。

こずえが数杯目のビールを口にして、

「神崎さん……、僕は他人と話すことがあんまりできないんです、でも……本当は話したいのに——友達もいません！　でも、今日、神崎さんと会って、吉岡さんと競馬場で会話されているのを聞いて、羨ましく思いました。

仲間がいて、友がいて——何でも話せるなんて、本当にいいなあ——。本当にそう思ったんです……。僕は何時も一人！　そう、一人です。

たったの一人ぼっちなんですよ……。つまらん男ですよネ！　ああッ——」

大きく溜め息をついて、ビールを再度飲み干した。ボクはこずえのそんな素振りを見て、

「なあ、どうしたんだい！　溜め息なんかついて……？　西口君、何か話したいことでもあるのかい！　あるんだったら聞くよ、ボクでいいんなら——このボクで……」

こずえは瞬時に顔を上げ、

「本当……本当に神崎さん、聞いてくれますか！　僕の今の胸の内を⁉　僕が苦しみ、悩んでいる胸の内を！　絶対に最後まで、話の最後までですよ！」

こずえは眼鏡の下の瞳をボクの顔の方に向け、薄気味悪い程、じっと見つめながら

叫んだ。

「ああ、今日は時間もあるし、大丈夫だ！　ボクで良かったらネ、話を聞くよ。そう、折角、競馬場で知り合ったんだしネ。これも何かの縁というものさ。大丈夫、いいよ」

穏やかな顔つきで、こずえに自分の腹の内を勘繰られないように返答をした。こずえは傍の政に向かって、

「吉岡さん！　焼酎ダブル、ダブルのウーロンハイを一杯頼んで下さいよ！」

「えッ！　ビールじゃなくて？　ウーロンハイ、しかもダブルで？　ちょっと、大丈夫ですか、西口さん！　もう大分飲んでいますよ！　酒、そんなに強くないんでしょう！　大丈夫？　本当に……」

政が心配顔で話し掛けると、

「ええ――大丈夫、大丈夫です。僕はネ、今日、気分がいいのです。晴れ々々ですよ、だって、神崎さんのような人と出会って、僕、今日は何か嬉しいんですよ！　神崎さん、ウーロンハイをいただいたら話をしますから……」

こずえは酒の力で勢いをつけて喋りたいのであろうか……。ボクは目がすわったこ

ずえの顔を、しげしげと見つめた。こずえはウーロンハイを呷って饒舌(じょうぜつ)になり、自分の生きてきた、否、生かされてきた半生を喋りだした。

――こずえの生い立ち――

こずえはS県S市の出身で、年齢は現在四十三歳。父親の名は西口誠一、母親の名は西口しず子。この二人の長男として生まれた。兄弟はいない。

父親、誠一はS県の支柱企業といわれるA財団法人の専務理事という要職、母親は普通の主婦という家庭で育った。

こずえの学歴は、小・中学校は公立、高等学校からは私立、大学はその高等学校系列の私立大学。学部は経済学部。

大学卒業後、S県の県職員として採用され、環境保全部保全課に配属される。その後、二十年間、同じ職場で勤務し、四十二歳のとき、依願退職し現在に至る……と、こずえはボクの顔をしっかりと見つめて話をした。

そばで黙ってそれまでのこずえの話を聞いてた政が、

「西口さん！　立派な学歴と実務経歴じゃないですか。何でそんなに悩むことがあるんですかネ……？」と、口を挟んだ。

こずえは政を睨みつけ、

「吉岡さん！　話はまだ終わっていません！　神崎さんが最後まで聞いて下さるとおっしゃったのですから、最後まで黙って聞けばいいんですよ!!」

強い口調で言い返した。

政は何も言い返せず、ボクも（その通りだよ）という顔で頷いた。


こずえには叔父がいるという、父・誠一の弟で三歳下、西口正夫（まさお）という。結婚していて、妻の名はさきえ。その二人の長男・秀男（ひでお）という、こずえの従兄弟もいるという。

こずえは、叔父・正夫、叔母・さきえ、従兄弟・秀男が絡む話になると、人が変わった。憎いヤツらという言葉こそ出さなかったが、相当、深い憾み（うら）、妬み（ねた）、地獄変相（じごくへんそう）を体験したのだろう。体中から震えが伝わり、こずえの吐く口元からは沫（あわ）が溢（あふ）れていた。その形相（ぎょうそう）を神崎は見逃すことはなかった。

こずえは健康な子供として、この世に誕生したのであったが、不幸にも知的発達に遅れがあったことを両親、特に父親の誠一が心配し、周囲の人間にその真実が明らかになることを恐れ、こずえの全ての行動をしず子と共に把握する環境下で育てた。

こずえは、小学校、中学校、高校、大学、その上、社会に出て働く仕事も全て、父親の選定した道を歩み、こずえ自身が考えることは一度もなかったと言う。

（何故？……ほんの少し知的障害があるというだけじゃないのか！　否、少し思考力が低いという方が適切ではないだろうか！）

ボクは、疑問を抱いた。


こずえは会話の中で、父親である誠一のことを、「つまらない能なし親父」とか、「糞親父」という言葉で表現することは一度もなかった。母親に対しても憎しみを抱いた言葉で表現することはなかった。生まれたときから、父親、母親という存在を、こずえが自分自身で感じ取った実証であると自覚していたのであろうか？　それとも自覚させられたというのか？

　こずえの生き方全て――生まれてきたその時点から――生活も、学校も、仕事も――、全てを父親と母親が決めた。こずえにはこずえという自分の意志は皆無であったのであろうか？　……

　父・誠一から、

「こずえは私の言うことを聞いて、公務員になり、仕事をやっていればいいんだ！余計なことを考えずに、恩給が支給される勤続年数、二十年間は仕事を続けること！辞めることは絶対、許さない!!」

　そう強い命を受け、役所勤めを続けていたという。名ばかりの役所の配属先、実際の仕事はゴミの処理、分別作業で誰でもできる仕事内容であったという。

　その職場で上司・先輩・同僚に疎まれ、不遇を託つことになり、日々、執拗な『イジメ』にあった二十年間だったという。

　毎日、仕事が終わって更衣室で、体のでかい同僚の一人がこずえの上半身を太い上腕で背後から固定し、もう一人の同僚がボディーにブローを打ち込む。これが効く。日々腹筋を鍛えていない一人の脆弱な青年の腹は内臓を剔り出されるほどに堪える。

「うぐぅッ、うぐぅッ……」

「ばーか！　まだまだ！　マヌケ！　これぐらいは序の口二段の前ずもう――」

こずえはロッカーにたたきつけられて、のしいかのように伸びる。

「やめて……やめて下さい、死んじゃうよ！　ほんと、もうやめて！」

「バカ、おまえはいつもトロイんだよ！」

「おい、お前、女を知らないだろう、なッ、ぼくちゃんのこずえさん――ほら、何か文句を言ってみろよ！」

「ママ！　助けてーか！　ぼく、早くお家に帰りたいーか！　だってよ！　このマザコン野郎が！」

こずえの心も体も痛み、恐怖、悲しさ、悔しさ、淋しさが入りまじり、涙が体の奥底から溢れ、人としての全てを失ったのである……。けれども、その事実を他の誰にも相談することさえできなかった。ただただ、こずえはこの暴力にひたすら耐え続けた……と。

話をする途中、こずえの目から大粒の涙が頬を伝わって流れ落ちた。余程の悔やしさ、怒りがこずえの脳裡に再現されたのであろうか？

ボクも政も、女将（ママ）のフーちゃんも、ただただ、無性に切なく、辛く、何事にも譬（たと）えることができない心情に駆り立てられたのは事実であった。

政がハンカチを出してこずえに渡しながら、

「西口さん、随分な目に遭われたんですネ。苦労されたんですネ。本当に！　西口さん！　独身ですか！　結婚はされなかったのですか！……好きな女性（ひと）はおられかなったのですか？」

小声で尋（たず）ねると、ハンカチで鼻を擤（か）みながら、

「えッ、結婚ですか！　結婚ねッ……そりゃ、したいですよ、したいです。でも無理でしょう。お金もないし、無理、無理です、家で母親が、そう、お袋が煩（うるさ）いんですよ！　兎に角、いちいち、僕の日頃の全てをチェックするんです。電話が掛かっても内容まで、特に女性からだとすぐ切ってしまうんですよ……」

こずえは仕事や日常の全てを、西口家の西口誠一という一人の当主と母親・しず子によってコントロールされていたのであろうか？

ボクはこずえが口にした『金がない』という言葉に、どうしても腑に落ちない点があった。県の職員に採用されれば、その人間の人格等々に於いて差はないのである。如何なる場合であっても決まった額の給料が支給される。その金額も一般企業の水準以上の額である。勿論、夏、冬のボーナス、年度末の期末手当も支払われるのが公務員の特権なのである。

何故にこずえは『お金がない』と言うのか、それはおかしな話で辻褄が合わない。

そのとき、政が再度、こずえに質問をした。

「西口さん！　西口さんは給料が毎月、決まって入る堅い役所勤め、何もお金に困ることないでしょう？　ボーナスだって十分、あるんだから。自分一人で遊びに使っているんではないの？　だってお金がないなんて考えられませんよ！」

こずえは目をキョロキョロさせて落ち着かない様子で、

「あのね、吉岡さん！　僕は大学を出て役所へ入ってから、一度も自分の給料を確認したことはありません！　いや、確認なんてできるわけがないですよ！　なぜかって、それは自分の預金通帳も印鑑も全て親が持っていて管理しているんですよ、僕は何一つ持っていません！　僕は毎月、小遣いとして三万円の現金を貰うだけですよ！　たった三万円だけ！　ええ、そうですよ！　三万円だけで！　だからお金はないんです、自由に使える金は！……この二十年間、このやり方で働いてきたんですよ！」

吐き出すように言ったこずえの顔は、鬼瓦の形相であった。

その表情を見たボクも政も、店のカウンター内にいた女将（ママ）のフーちゃんも、目を合わせ、黙って頷くだけ。

ボクはそのとき、この男こずえに対して異常なほどの哀れさを感じ、一瞬、瞼（まぶた）を閉じた。

こずえは焼酎の濃（こ）いウーロンハイを呷りながら話を続けた。

「ねえッ、神崎さん聞いていますか？　僕は旅行だって行ったことがないんですよ、一人ではね。いつも親父とお袋が一緒。何をするにも一緒。何もかもネ！

ああッ！　くそ！　僕は一体何なのか！　ねえ、ちょっと、神崎さん！　教えて下さいよ！　僕は人間ですか？　僕は人の子ですか？　僕は男ですか？

ねえ、神崎さん！　神崎さん！　頼みます。教えて下さい……頼みます……頼みます……」

大声で喚(わめ)き、卓上に両腕を伸ばしたかと思うと、崩れ落ちるように顔ごと投げ出し、こずえは静かになった。

その様子を傍で終始、見ていた政が、

「親父さん！　大丈夫でしょうか？　西口さんは？……」

ボクは、卓上に伏したこずえの顔を横から覗(のぞ)き込み、

「大丈夫だ、政！　もう眠っているよ。ほら、気持ち良さそうにな。余程、疲れていたんだ、体も神経も、何もかも――可哀相にな……。暫く眠らせておこう。時間が来たら起こしてやればいいからさ」

政と女将(ママ)のフーちゃんに目で合図をした。

フーちゃんも黙って頷き、カウンター内から出て、小上がりの片隅に腰をおろし、

「神さん、私も一杯貰っていいですか？　何か飲みたい気持ちになってきたのよ！」

そして、冷酒の一升瓶からコップに注ぎ、一気に飲み干した。

「ねえ！　神さん、この男(ひと)、西口こずえさんというのよネ、そうこずえさんネ。でも

あまりにも可哀相!! これって、今の現実の世界の話よネ。私、夢の中の話、作り話みたいで信じられないわ。何てことなの……」

ボクはこずえの優しい寝顔を見つめ、

「ああ、フーちゃん。現実だよ。本当なんだよ。今日一日、そう、昼頃から今まで我慢してきたもんだ! 最初はネ、軽い男と思っていたよ。でも本当は違っていた。こずえはそんなもんではない男だった! このボクでもヤツの裏の真(まこと)の姿が読み取れなかった……」

政が、

「でも、親父さん、西口さんはもう立派な成人男子ですよネ。何故、お父さん達の作った壁を破れなかったのでしょうネ。ワシはそこのところがよく理解できないんです」

フーちゃんも、

「そう、政さん、貴男の言う通りよネ。私もそう思うわ! こずえさんは大人よ、立派な男子よ! 何よ! 父親、母親、叔父、叔母の言葉で自分の行動や生き方、考え方まで抑え込まれなければいけなかったの!? そんな必要なんか、絶対にないわよ!

殻を破れば良かったのにネ！　何で、何でそんなに弱虫なのよ！　ほら、こんなに体も大きいのにネ……。神さん、私にはよく解らないわ……」

ボクは政、フーちゃんの二人の意見が間違いとは思えなかった。けれども現実としてこずえのような成人男子が世の中に出現したのである。その実行動を誰かが「正しい」「間違い」という判断を下したとしても、一人の男が背負った運命を簡単に消し変えることができるのであろうか？

ボクの頭の中は、陰謀・魔魅・迷夢・迷妄・冥府と暗雲が湧いては消え、消えては湧くのを繰り返すのであった。

※※※※※

「なあ、見て見ろよ！　この寝顔！　安心して眠っているよ。まるで赤ん坊のよう……。政。政だって若い頃、道を誤って逸れただろう。でも修正して、今の政が在るだろう。否、政だけじゃない。ボクの会社にいる若い者は一人ひとりが何かを背負って生きている。フーちゃんだって、若い頃には今と違った道を歩んでいただろう。でも、今はこうして店を構えて立派に女将(ママ)を務めているじゃないか！

ボクだって同じさ。世間でいう常識じゃないものを背負って生きている、いや、生きていかなければならない！

だがな、こいつ——こずえの場合は、そう簡単なものではないと思う。己という自覚をする以前から、壁のない刑務所、そう、見えない足枷をされ、重い錘(おもり)をずっと背負わされていたんだよ！　コヤツの見る社会は、俺達に見えているものや形じゃないんだ、仮に見えたとしても、自分で理解できない社会だったんだと思う……」

政、フーちゃんの二人と自分に言い聞かせるように、ボクは言葉を発した。

フーちゃんが、更に冷酒をグラスになみなみとついで、一息で飲み干した。

「神さん。神さんの考えていることは、いつも難しくてよく解らないわ。それって何んて言ったっけ。えーッと……ああ、そうそう、マインドコントロール？　マインドコントロールよ！　よく、キナ臭い新興宗教家が使う手口よネ！　そうだわ！　こずえさんは家族、親戚の人達からマインドコントロールされていたのよ！

神さん！　これからはこずえさんの力になってあげなさいよ！　他の人にはできないでしょうよ。でも、神さんならできるわよ、絶対にネ！　神さんは天の計らいでこずえさんと出会う運命の人なのよネ。これ間違いないわ、私にはそう思えてきたわ！　そうでなかったら、競馬場なんかで知り合いになんかならないわ！　これってきっと天の神の思し召し（おぼしめ）しよ！　そう思えばいいんじゃない！

ねえ、政さん、政さんはどう思う？」

「いやッ、女将（ママ）さん、ワシにもよく解らないんです、すみませんネ。でも、親父さんはワシ達を救ってくれた人ですから、西口さんのことも大丈夫ですよ！

女将（ママ）さんが心配されなくても大丈夫です。親父さんに任せておけば……」

政とフーちゃんの会話を聞き、

（政、フーちゃん。このこずえのことは、そんなに簡単ではないぞ！

現実は本当に大変な実証だよ！　ボクが今までに経験したことのない一つの新しいタイプの事実と出くわしたんだ！　そう簡単に答えは出ないだろう。でも、ボクは嬉しいよ。この男、こずえと会うことができたんだから。

ボクはいつも、今まで自分の生きてきた道が全て運命の一本の道に繋がると心の中で決めているんだ。だから、自分は何事に対しても恐れも、恥もない。そう、なに一つな。全てが決まった道にあるのであれば、地位、名誉、銭、そんなもの、くそくらえだ！　まあ、こずえという一人の男とじっくりと付き合ってやるさ……）

ボクはそう決心をした。

当のこずえは卓上に身を投げ出し、顔を伏せて、気持ちよさそうに深い眠りに入っていた。

※※※※※

三人の通夜で、フーちゃんが声を掛けた。

「神さん、こずえさん幸せなの？　あの世という所へ行って！　こずえさんにとって天国なのかな？　ねえ――神さん……」

「……」

「神さん、今、何を考えているの？　こずえさんの在りし日の姿？　こずえさんの、怒ったような笑っているような顔つき？　こずえさんの神経質な目の動き？　神さん、神さん、もっと喋ってよ！」

フーちゃんも政も、ボクの微動だにしない姿を見て、何か話してほしいんだろうな！　いつもの冗談を交えて……。

（すまないな！　フーちゃん、政よ！　ずっと考えていたんだよ！　こずえの遺骨……遺骨をちゃんとしてやらないと、こずえがあまりにも可哀相だから……）

「おい政、政よ！　こずえの遺骨を明日、西条寺（さいじょうじ）へ持って行き、大僧正に頼んで供養してもらってくれ、永代供養のお布施もちゃんと包んでお願いしてほしいんだ。ボクが電話で詳細を話しておくからさ。いいかい？　頼むよ！」

政が目を大きく開けて頷き、

「解りました、親父さん！　西条寺で供養してもらうんですネ。大僧正は人間のできた、すばらしい人物ですから……親父さんとの付き合いも長いですし、大丈夫ですよ。この件はワシにまかせて下さい。ちゃんとやりますから」

「ああッ、良かった、神さん、ありがとう、神さんは、やっぱり神さんよ！　政さん、頼むわよ！　ちゃんとしてあげてネ」

「徒づれ」での三人だけの通夜は、淋しい限りであったが、無事終了した。

第三幕

――届いた書翰――

こずえが亡くなって数日後のことである。神崎の手元に一通の書翰（しょかん）が配送されてきた。差出人の名前が……〝西口こずえ〟。

（えッ、こずえから？）

神崎は何か黒い雲が頭の中を掠（かす）めていくような気配を感じた。知らず知らずのうちに、書翰の封を切る前に、心の中で手を合わせていた。

（何でだ！　こずえはもう死んだのに？　多量の睡眠薬を摂取して自殺したじゃないか？）

封筒の中から分厚い手紙が出てきた。

（それにしてもアイツ、ずいぶん長い手紙を寄越したものだ！）

つぶやきながら書翰に目を通した。

――神崎さん、こずえです

この手紙を差し出す前、僕はずいぶん、考えたのですよ……能力のない僕の頭で、ですよ。それで、やはり神崎さんにはことの真実を知ってもらいたくて筆をとりました。誤字、乱文になると思いますが最後まで必ず目を通して、僕の立場を理解して下さることを切にお願い申し上げます。

僕は今日（○月△日）、二人の男に会います。――

（○月△日？　こずえが自殺する二日前ではないか？）

――二人の男に会う理由は、僕がヤツらに貸した銭を取り返すためです。否、借金を返済してもらうためです。……今まで長期にわたり、僕から金を無心した総額をです。現金で返済してもらいます。ざっと計算して一億円の大金ですよ！

その二人の男とは、一人は僕の従兄弟で、現在は医者の西口秀男。今はＳ県の県立総合病院の内科医です。年齢は僕より八歳年下ですから四十五歳です。

もう一人は秀男の高校時代の親友で、警察官の田上一政。S県S警察署、刑事、階級は警部です。年齢は秀男と同級生ですから、四十五歳です。

神崎さん、僕はこの二人に喧嘩を売るのではありません！　人として男としてきちっとケジメをつけてもらうつもりです。

神崎琉吾という男と僕は十年のつきあいがあります。僕は貴男から男の生き方を学んできたと自負しています。

いつも酒と競馬をやりながら教えてもらった己に対する生き様、そう、ケジメをつけたいと思っています。

喧嘩の自信はゼロです。でもやるときはやる、大和の男子です。命を賭けてです！

──ああ、そう意気がっていますが、内心はガタガタ、ビクビクですよ──

でも、今日は会って男の意地を見せますよ……──

神崎は自宅の書斎で、書翰の一字一句を追い続けた。

（おかしいぞ！　ヤツの死は、警察は事件性はないとして自殺と判断を下した。だが、この書翰の内容から考えられることは、こずえは自殺する考えを一切持っていない、否、それ以上に生きるという強い願望が読み取れる。

じゃ、あの遺言状は何だったのか？　警察の田上という刑事（デカ）が説明した言葉の中身は？　これは非常におかしい。ボクの第六感が働くんだ――）

神崎は、こずえからの長い書翰を一通り読み、書斎のいすに座したまま、中庭の景色を静かに眺めた。静かなひとときが流れた。机上に置いてある携帯電話を取り上げ、ダイヤルをプッシュした。

「ご苦労さまです、親父さん！　何か急用でも……」

会社にいる政の声が瞬時に跳ね返る。

「俺だ！　政！　おはよう。俺はまだ自宅（いえ）にいる、政な！　今日の夕方、お前の他に、翔（しょう）、直（なお）、源（げん）、真（しん）、を連れて一緒に『徒づれ』に寄ってくれ！　女将（ママ）には俺の方から連絡しておく。時間は十八時三十分だ。いいかい。ああッ、そうだよ！　俺はちょっと昼間は外回りするので、『徒づれ』には直（じか）に入るから。お前達は会社からそのまま行ってほしい。それとなあ、政、今日は俺との電話はつながらないことにしておいてくれ！　いいな！

ああ、時間は十八時三十分だ！　必ずだぞ！　五人全員でな！　よろしく頼むぞ！」

神崎は書翰に書いてある内容を細かく分析しようと思った。これは自分の癖である。対象をしっかりと把握、時系列で整理し、その時々の事象の内容、状況を組み合わせる。このことによって、その一つひとつの真実が見えてくる。

神崎は、今日の昼間は連絡が取れない状況を確保しておき、こずえからの手紙の内容を一つひとつ吟味（ぎんみ）し、過去の時の流れ、行動、発言を掴み、頭の中で記憶を甦（よみがえ）らせていた。これは神崎自身が生きてきた過程の中で身に付けた武器であった。

――告白　その一――

「本日臨時休業」のお知らせ
私用都合で○月○日、（本日）は臨時休業とさせていただきます。
よろしくお願い申し上げます。
〝徒づれ〟女将・結城ふみ子

臨時休業の紙が店のシャッターに貼ってある。

「徒づれ」の店の中、壁掛時計の針は、十七時を指していた。政以下の四名、翔、直、源、真の合わせて五名は十七時前には店の中に入っていた。勿論、裏口からである。

店の中の小上がりに座った五人に向かって女将が、

「政さん、どうする、ビールか何か飲む？」

「いや、いや、女将さん！　親父さんがお見えになるまではワシらは麦茶を下さい！

そうでないと……。なあ、みんな！」

「ええ！　そうです、親父さんがお見えになるまでは！」

　全員が口を揃えて返答する。座敷のテーブルの上に麦茶が出された。政、翔、直、源、真の五人が揃って「徒づれ」に来るのは久し振りのことだった。

「そうねぇ、政さん。この顔ぶれでの集まりは大分、前のことだったわネ！」

「ええ、そうなんですよ。親父さんから、今朝、連絡を貰ったもんですから！」

「そう、私も、神さんから今朝ネ、今日の夕方から店を休みにしてほしい、ボクが借り上げるから頼むよと、急に連絡貰ったのよ！」

「ええ、それで話の中身は何も触れられなかったんですよ。まあ、ここへ指定の時間までに入れば解ると思いましてネ」

「そうよネ！　さあッ、鬼が出るか！　蛇が出るか、楽しみだわ！」

　政が改まった顔をして、

「女将（ママ）さん、まだ予定の時刻までありますから、いろいろと話をしませんか？　親父さんがお見えになるまで。ワシも、いや、みんなも教えてもらいたいことがあるんですよ！　女将(ママ)さんに！」

「まあッ、何でしょうネ！　この若い青年達のご質問は？　私の知っていることは何でも教えてさしあげましょうよ！　さあ！　どうぞ、お聞き下さいませ！」

女将(ママ)のフーちゃんがすこしちゃめっ気を交えて言うと、政が女将(ママ)さんの方に体を向けて、

「親父さんのことです。そう〝神崎琉吾〟という一人の紳士のこと。ワシらは実のところあんまり知らんのですよ！　親父さんの生き様、親父さんの考え方。女将(ママ)さんならワシらよりずっと詳しい！　姐さん（神崎の妻）のこともネ！　その辺を教えて下さいよ！　知っている限りで結構ですから。お願いしますよ！」

結城ふみ子は政の言葉に、（政さん、何なの？　突然！）と、とまどった。

（神さんの身辺調査？　神さんの昔の話？　えッ？……でも、そうだろうネ、神さん、そして姐さん、私、この関係、この素性、知りたいと思う点は多くあるでしょうね！そう、丁度良い機会かもしれない、話しておくことも……）

「いいわ！　政さん！　私の知っていることの全てを話すわ！　いいこと？　そこの

若い衆もちゃんと聞いておきなさいよネ。二度と同じことは話さないわよ！」
五人全員が真剣な顔つきで、女将(ママ)の顔を見つめ、無言で頷いた。

※※※※※

関東S町のK繁華街は関東一円の極道(ヤクザ)の一大拠点である。多くの組織が、「うちが一番」「うちのもんじゃ」と大声を張り上げて鎬(しのぎ)を削(けず)った時代の流れの中、〝神崎琉吾〟も一人の極道(ヤクザ)として歓楽街に君臨している男であった。ただ神崎の場合、どの組織にも属さず、一匹狼として行動を取っていた。極道(ヤクザ)の世界ほど一人で食っていくことが辛いものはない！

神崎自身、それは百も承知のことであった。しかし、自分の性格や考え方から組織に加わることが極道(ごくどう)として生きる道に反すると、熟知した上での行動でもあった。

※※※※※

　私が二十歳の頃だった。
神さん——そう〝神崎琉吾〟という一人の男に出会ったの。丁度、その頃、私はお店の引き抜きに遭遇したの！　自分ではどうしても新しい店で働きたくないという気持ちから、その場を逃げようとしていたのネ。それに付け込んで、ある組織が働きかけてきてネ、私は本当に困ってしまったわ。その話を知った神さんが助け舟を出し、その場を収めてくれたんよ。そんとき、『フーちゃんは、まだ若い！　やり直せ!!』と言って、神さんが当時、懇意にしていた歓楽街のヤブ医者、村中（むらなか）先生の病院で看護婦として働いていた佳子姉さんに相談を持ちかけたらしいの。佳子姉さんのことは前から知ってはいたのだけど、まじに話なんてしたことなかったのよ！　でもそのとき、真剣に考えて、相談に乗ってくれて。この私を夜の街から昼間の仕事ができるように手配してくれたのは、佳子姉さんよ！　……本当に賢い、優しいお姉さまよ！　私は感謝の表しようがないわ！

　私はそのときをもって、K繁華街から消えたわ！　永久にネ！

その後、数ヵ月した頃、繁華街で極道同士のいざこざがあったと聞いたわ。佳子姉さんから「神さんが大怪我をした」と、電話を貰って。

私、自分のことが原因で神さんが喧嘩に巻き込まれたことは、薄々感じていたわ！入院した病院は、村中先生の紹介で、他の町の病院に裏筋で入院させていたの！全快するまで全ての看病は佳子姉さんが一人でされたと聞いているわ。私もお見舞いに行ったわ！　本当の話、大怪我よ！　相当の喧嘩だったんでしょうネ。

背中、腹など数十ヵ所を切られ、意識不明だったの！　でも神さんは不死身よ、生還したのよ！　やはり佳子姉さんの思いよ、その思いが天、神に伝わり、神さんを助けて下さったのネ！

このけがを境に、神さんは極道から足を洗うことになったわ。

佳子姉さん、村中医院長、その上、村中医院長の古くから盟友、〝大谷政賢〟という実業界の黒幕、フィクサーが後ろ盾となってね。

大谷老翁は神崎琉吾という男を若い頃から知っていたらしいの……。

（あヤツの目がいい！　堅気になって努力すれば、本物の実業家になるぞ！　この僕が真剣に支えてあげたい）とネ。こういう人達の助力と当の本人の強い意志が極道（ヤクザ）をやめて堅気の人間にさせたのよ！

神さんの極道（ヤクザ）時代は、無敗のケンカ男道（おとこどう）とか、孤高のウルフとか、死に神とか呼ばれていたわ、でもね、若いのに、必ず筋を通す男（ひと）と、誰からも慕われていたわ。

それと、政さんが知りたかったのが、神さんの背中の墨（すみ）、刺青（いれずみ）のこと！

私も神さんが入院しているときに一度しか見たことがないんだけど。佳子姉さんの話によると、神さんが二十歳のとき、ご両親が交通事故で二人とも亡くなったんだって。それで神さんはこの世で一人ぼっち。堅気から本気（マジ）に極道（ヤクザ）の世界への切り替えができるのは今だと言って、墨を背中に入れる決心をしたんだって、入れた墨は一生涯消すことはできないのに。

彫り物の図柄もネ、神さんらしいの。右肩上部から斜めに、左下腰まで亡くなられたお父さまの戒名、左肩上部から斜め、右下腰までは亡くなられたお母さまの戒名。二つの戒名の交わる所に、観世音菩薩像（かんぜおんぼさつぞう）。

ええ、それはねえ、見事なものよ！　見た人にしか理解できない、神秘的なものよ！

政さん、もう一つ！　神さんて、頭がすごくいいでしょう、抜群でしょう。それはそうよネ！　高校は県下で一、二番の超すごい、文武両道の県立進学校よ！　それが高校二年のある日まで！　そのある日から、急にグレて道を外したんだって！　詳しいことは解らないけどネ……。だから、頭は元々抜群に良い人よ！

国立大学へ楽々と入れる成績だったと聞いているよ！　勿体ないといえばそうかな！　でも、本当に神さんて努力家よネ！　うーん、それ以上に佳子姉さんも立派よネ。神さんを大学で学ばせるんだからネ。

私ネ、政さん！　神さん夫婦を唯一、誇りに思っているのよ、血のつながっていない兄姉妹よ、それがとても！　大切なのよ、あの二人！　とてもネ！　解るでしょう！政さんには！　大好きよ、神さん、佳子姉さん！

※※※※

顔を綻ばせて嬉しそうに喋るフーちゃんに、政をはじめとする弟子の五人はただ黙って頷くだけだった。

「ねェ！　政さん、私ばかりが喋ったようネ。御免なさいネ、調子に乗ってベラベラと。ごめんなさいネ！」

「いえ、いえ、とんでもないです。女将（ママ）さんにお願いしたのはワシらですから、おおよその経緯、親父さん、姐さん、女将（ママ）さんの考え方、生き方が、少しは理解できた気がします。有難うございます。

ワシらは、どんな話を聞こうが聞くまいが、端（はな）から腹の中は決まっているんです。親父さんに付いていくのみですから」

政、翔、直、源、真、の五人がすっきりとした顔つきで全員で頭を下げた。

――告白　その二――

と、そのとき、「徒づれ」の裏口が開き、〝神崎琉吾〟本人が入ってきた。

目が合うと、政は正座をしなおし、凛（りん）とした態度で軽く頭を下げた。

神崎の品格は、今日も一段と素晴らしく冴えていた。薄いブルーのサングラスの下の目は鋭く輝き、狙う獲物が定まったような殺気が漲（みなぎ）っている。

初老とは思えぬ体、スーツの上からでも骨格と筋肉量は推定できる。大きく張った両胸の厚さ、ガッシリとした足腰の筋力、この男が還暦を迎えたとは想定できるものではない。

神崎が片手を挙げ、

「おお！　政、ご苦労様！　みんなも！」

小上がりに座っている全員に対して声をかけた。

「いえ、親父さんこそ、お疲れさまでございます」

「お疲れでございます」と、全員がいっせいに挨拶をした。

神崎はフーちゃんの顔を見てにっこりと微笑み、

「今日は無理を言ってすまない。有難うネ」

軽く頭を下げ、座敷の中央部にどかっと腰を下ろした神崎に、女将（ママ）が、

「ねえ、神さん。ビール、お酒、どちらにしますか？」

と尋ねた。

「ああ、そうだネ。フーちゃん、ボクは今日すごく、のどが渇いたんだ！　生ビールを貰うよ！　みんなにも生ビールを出してほしいな！　それとつまみは今日は、乾きものにして。書類があるから濡れると困るからさ、頼むわ」

生ビールのジョッキが全員の手に届（とど）くと、

「とりあえず、ご苦労様！」と、ジョッキを掲げ、全員が口にした。

政が、

「親父さん、何か急な事案でも出てきたのですか？」

神崎に問うた。

「ああ、政、こずえだよ！　あのこずえからの手紙が届いたんだ、死んだこずえからな！

　それでお前達に急遽（きゅうきょ）、集まってもらったんだ、いろいろ相談や、意見が聞きたいんでな！」

　一瞬、政の顔が硬張った。

「えッ、こずえさんからの手紙？　あの死んだ？　なんで？」

「手紙をポストに投函したのが、あヤツが死ぬ三日も前のことだ！　郵便局の消印で解るさ。生きていなければ、手紙はポストへ投函することはないからな！

　政にな、その手紙の内容を見てほしいんだ。そう、手紙の中に書いてあることをさ！　まあ、こずえが一人で猿芝居を打つことは考えられないからな……あヤツが、そんな大きく世の中に対して考えを持っているとも、どうも考えられない——。まあ、兎に角、手紙を読んでみろよ！　せっかく今日、我が社の五人衆にも来てもらったんだからさ、各自が己々（おのおの）で手紙を読んで、それから意見交換に入ろうぜ、なあ！　これが、その手紙だ!!」

神崎がカバンから書翰を取り出し、テーブルの上に置き、政に読むように目で合図した。

「じゃ、ワシがとりあえず拝見いたします」

便箋を一枚一枚めくるたびに、政の目は鋭く、集中眼に変わってゆく。読み終えた便箋は一枚ずつ、政の手から翔、直、源、真の手に移り、最後はフーちゃんの手に収まった。

政が大きく「ふう……」と息を吐き、

「親父さん！　これはあまりにもひどすぎる！　あまりにも！」

政の両目から大粒の涙が頬を伝わって落ちた。そんな政の表情を見て、神崎は静かに口を開いた。

「政、翔、直、源、真、いいか。よく俺の話を聞いておけ！　今朝、政に伝え、お前達五人をここに呼んだのは、一杯飲むためじゃない！　——仕事だ！　久し振りの仕事だ！　それ故に、もうよく解っていると思うが、一番大事なことは己の感情は必要ねえんだ！　仕事を進める以上、棄ててしまえ！　否、要らないんだということを認識しろ‼」

神崎の鬼の形相と深眼（しんがん）の光からの姿は、人間を遥かに超えていた。その場にいた全員が、震えが止まらない程、すさまじく、恐ろしいものであった。

神崎は五人の愛弟子の顔を、一人ひとり食い入るように見つめ直した。

「政」……吉岡政也……神崎の一番弟子
四十歳（元チンピラ）
有名私立大学経済学部卒
特技……社会経済に精通している。裏社会の人間とも伝手（つて）を数多く持ち、情報通
喧嘩道五段……抜群の運動神経
性格……温情、人情派、義理堅い

「翔」……大竹（おおたけ）翔……神崎の二番弟子
三十七歳（元チンピラ）

有名私立大学工学部卒
特技……コンピューターに強い。ＩＴ時代の先駆者、情報の収集、分析能力はピカいち
喧嘩道三段……抜群の筋体力
性格……自分勝手、人情派

「直」……竹野内直人（たけのうちなおと）……神崎の三番弟子
三十五歳（元チンピラ）
有名私立大学経済学部卒
特技…企業価値の優劣を見抜く。企業株価の推移分析──投資の世界の顔
喧嘩道三段……動体視力抜群
性格……硬派の中の硬派、人情派

「源」……山岡源吾（やまおかげんご）……神崎の四番弟子

三十五歳（元チンピラ）
有名私立大学社会人間学部卒
特技……人間の心を読み分析する
心理学に精通……　〝読みの「源」〟といわれる
喧嘩道三段……見かけより遥かに心が強い
性格……温情、人情派

「真」……立花真二……神崎の五番弟子
三十五歳（元チンピラ）
有名私立大学工学部卒
特技……ＩＴの申し子、全ての電算システムに絡み、絡み解く力はナンバーワン。電
算システム解析完全人間と称される
喧嘩道三段……身体能力抜群
性格……一見クールで自分本位。それでいて仁義に厚い

（コヤツらの一人ひとりの力、それを政の力との合わせ技は他の人間にはできるものではない。今の俺にはお前達五人の力が必要だ、その力がなければ、この案件は成功しない。頼むぞ力を貸してくれ！　それが、俺のこずえに対する仁・義・情の返礼なのだ！）

神崎は五人の愛弟子の顔を見つめながら、話を続けた。

「俺も今朝からこの書翰の分析に取り組み、おおよその流れはつかんだ。だがな！今回は今までとは一つだけ大きい違いがある。それは当の本人、こずえが既に死んでいるという事実だ。

死んだ人間に真(まこと)も嘘もない、何ひとつ聞くこともできない。

……が、この送付された書翰の文字から一つひとつ拾って、証拠を練り上げること。このことが最重要(さいじゅうよう)なのだ！　それでみんなの力を借りたい！　どうだ、政！」

「……よーく解っております。生意気とは思いますが、今回の案件について……親父さん、親父さんの考え方を聞いておきたいのですが、よろしいでしょうか？

まず考えなくてならないことは、こずえさんが死んだということ。この死について、こずえさん、当の本人の本意であったのか？　否、それは全くの嘘で、第三者による自殺に見せかけた他殺なのかという点です」

「チョット、政アニイ！　それはどういうことなんですか⁉　自殺でしょう、薬の多量摂取という警察の見解も明確ではないんですか？　だって、その遺体確認の立ち会いに、親父さん、政アニイ、女将さんも行かれたんでしょう。何がなんでもそれは、ちょっと？」と翔が口を挟む。

「ああッ、そうだ！　ワシも自殺と思っている。だがな！　書翰の中で従兄弟の西口秀男とその親友で警察官の田上一政警部から貸金を返済してもらうと言っているこずえさんが、自分から死ぬか！　貸金を返せ言う男がぞ！　自殺するものか！　しかもこれを読むと一連の流れが、日が経っていない。何日もな……。どうも変じゃないか！何か臭くないかい？

それと、貸金の総額も並じゃない！　一億円だろう……どうもな？　臭いんだ、プンプン臭うんだ！　何で今さら――遺体の確認にまで立ち会っておいてと言われるかもしれんが！　ここからそう読み取れるものがあるんだよ！」

政も強い口調で意見を述べる。

真剣である五人衆は――一人ひとりが……それが〝捌き師〟の宿命なのであろう。誰の依頼がなくても己一人ひとりがかかわった事象なら、全てのことに於いて深いつながりと意味がある。そう思わなければ、この世の中は余りにも不条理だ。そう、矛盾だらけだ！

神崎は座った姿勢で再び、凛として口を開いた。

「俺も遺体確認に立ち会った張本人だ！　こずえは自分で自分の命を消すほど勇気を持っている男ではない、そんなことはこの十年来の付き合いで百も承知だ。

従兄弟の西口秀男も、警察官の田上一政も、まさか、こずえが死ぬ二日前に、この俺宛てに書翰を送ったとは、考えていないだろう。こずえには、今までの人生の苦労を長々と文にして書いたとしても、それを読んで理解する友などこの世の中にいるわけがないのだろう！　その上、あの腰砕けの男女のような、根性なしのこずえが……とな！

だが、甘いぜ！　ここにおるのさ！　俺が、そう神崎琉吾がな！

『神崎さん！　田上警部補をご存知ありませんか、田上ですよ！』

あヤツ、そう田上。自分の死んだ親父のことを俺に聞いてきた！　はあ？　知らねえよ、年のせいで忘れてしもうた。もう、アルツハイマーになったかいな！

なあ、政、フーちゃん！　俺はそう答えて知らん顔で通しただろう！　覚えているかい！　S警察署の中で……。

だが、これは殺(や)られた！　こずえは殺られたんだ！　俺は、そう直感した。荼毘に付して、灰にしてしまえば何も証拠は出てこないからな。

この案件に関係する人間が、現役の警察官(サツカン)と、もう一人は立派な現役の大学病院の医者だ！　じたばたすればこっちが殺られる。こずえの二の舞だと、俺はあのとき、この筋書(すじがき)を創(つく)りあげていたんだ、まさか、本当にそうなるとはな！　ただ、今のところ、何一つ証拠はないんだよ！

でもよ、政。俺は書翰の内容からしても、こずえは殺られたんだと考える。他殺だ、あの二人にな！

現金を散々毟り取られ、家の預貯金も全て解約され、馬鹿にされ、丸裸にされ、最後は薬を盛られておしまいだ！　許さねえ、この二人を。

政、これが大筋の俺の裁量だ‼

あとは早急に書翰の内容を調査し、根固めを急げ。政を筆頭に、警察官の田上の方は翔と真との三人でかかれ！　従兄弟で医者の西口秀男の方は、直と源の二人でやれ！

いいか！　今回は警察、医者だ。己の身を十分に注意してかかれよ！

よもや、下手を打つことはないと思うが、失敗は絶対にできない。頭の中にたたき込んでおけよ！」

なんと珍しいことか！　神崎が自分を見失い、冷静さをなくし、激しい口上を述べている！

（親父さん、相当、悔しいんだ‼）

政は神崎に向かって、

「親父さん！　重々承知しております。明日から、本業に支障のないように、この案件の調査に取りかかります。今後の報告は「徒づれ」の週一回の定休日に。十八時から店を使わせてもらいます。

おい、いいな、翔、直、源、真。俺の指示通りに動いて成果を早く上げるように！

解ったな!!」

「承知しました！」

全員が口を揃えて返事をし、頭を下げた。

神崎は座敷中央で座し、目を閉じて腕を組んだまま、黙考していた。

――大谷老翁との花見――

神崎が極道から足を洗って、堅気の道に入るとき、相応の力を貸したのは、実業界の大物、大谷政賢老翁である。その上、夜間大学を出て、会社を設立するべきか否か、迷ったあげく、設立すべきだと判断したときに、多大なる助言を与えたのも彼であった。

勿論、助言だけでなく、会社の立ち上げ、仕事の内容、会社の礎となる得意先大企業の紹介まで、大谷老翁のバックがなかったら、今、実際に動いているコンサルタント業は成立していなかったであろう。

大手企業、なかでもゼネコンと呼ばれる大手建設会社が施工する大型の開発工事には、必ずといっていいほど難癖をつけるヤカラが出現する。そのヤカラとゼネコンとの間に立って揉め事をうまく処理する、それが〝捌き〟である。

大谷老翁が長い間、裏の世界でその〝捌き〟の仕事をやっていたのは周知の事実で

ある。神崎が極道（ヤクザ）の世界から足を洗って堅気の世界に入ったとき、大谷老翁から、

「堅気になったといっても、そう簡単には仕事はないぞ！　世間の風、目は、お前さんが考えている程、甘くはないぞ！」

と言われた。そして、この『捌き』の仕事を実直に熟（こな）す会社を目指せと、彼は自分の持っている関連会社の大半を神崎に譲ってくれたのだ。勿論、譲渡金は一切なし。条件はただ一つ、極道の〝捌き〟ではない、堅気の〝捌き〟を考えて実行すること――であった。

神崎は大谷老翁の教えのもと、その後、何十年間のうちでただの一度も揉め事を起こさず、その場を収めていた。その信用は絶対であり、現在に於いても、大半の自社コンサルタント業務は大手企業との取り引きが主要である。

その年の冬、寒さ厳しい二月のことであった。大谷老翁から神崎の元へ直々に電話が掛かってきた。

近頃では珍しいことである。

「どうされましたか。何か急用でも？」

「ああ、いや。琉吾君、どうだね。庭のロウバイが咲いたから見に来ないか？」

花など口実に過ぎないだろう、そんなことは百も承知だ。だが、

「もう、ボクも年を取りすぎたよ！　元気なうちに琉吾君に会えるのも、これが最後かもしれぬ！」

と、電話で弱音を吐かれては、無下に断ることもできない。神崎は大谷老翁の屋敷に足を運んだ。

中庭の見える廊下に置かれた籐椅子（とういす）に腰掛け、窓の外に目をやった。

丹精されたロウバイの枝に黄色い小さな花が並んで咲いている。


〜臘梅（ロウバイ）か〜


…臘梅…

ロウバイ科の落葉低木。中国原産。葉は卵形。二月頃、葉に先だって香りの高い蠟

細工のようなつやのある黄色花を開く。（旺文社　国語辞典　改訂新版より）

大谷老翁が、

「たいして手間も掛けてやらんのに、ああして毎年、目を楽しませてくれる。有難いことだ。まあ、もっとも向こうにしてみれば、ボクを喜ばそうなんて気はないんだろうがネ」

「そんなことはありませんよ！　大事に育てて、手を掛けてもらっているのは、よーく解っているはずですよ！」

「……でもな、解ってくれなくてもいいんだ！　何かを尽くすっていうのは、そういうことだろう！　歳を取ると、どうでもいいことが気になってくるもんだ。それがもとで眠れなくなることがあるもんだ」

「はあ、そういうもんですか！　じゃ、私はまだまだ若いということでしょうネ」

「世の中が日に日に腹立たしく思われてくる。これはボクが歳を取ったせいなのか！　それとも世の中が変わったからか？　いやな世の中になっちまったと思うよ！　琉吾君の生き様も、ボクと同じ道を歩んでいるように見えるが違うかな！」

「いやいや。私なんか、いくつになっても、何年経っても、老翁のような人間にはなれませんよ。いつまでも邪心の塊(かたまり)ですよ！」

「なあに、そう謙遜しなさんなよ！　琉吾君の若い頃からを、ボクはよく知っていますからね！　あの若き頃ネ、極道(アチラ)の世界でもいい面構えをした若者だと思っていましたが。ボクの目に狂いはなかったですよ！」

「いえいえ、今の私があるのは老翁のおかげでありますから。本当に感謝していますよ！」

「いつだったか、もう忘れてしもうたが『徒づれ』で、そう、フーちゃんの店で一杯飲んだとき、琉吾君の喧嘩道論法を聞いたなあ。あの論法をもう一度聞かせてほしいネ！

　ボクは心の底から『捌き』の仕事を、琉吾君に任せて良かったと思ったのは、あの論法を聞いてからだよ！　なあ、良かったら聞かせてくれよ！」

「いやア、あんな話、つまらん屑(くず)の話ですよ！　それでも、老翁の頼みなら……」

極道（ヤクザ）の初年兵の頃、生き残り、かつ相手に対してアピールする道具は喧嘩をして勝つことのみ。

つい壺（つぼ）にたたき込みたい過去が甦る。

社会の最低のガキは腕っ節の強さを誇示する以外、生きる方法はない。喧嘩はその一つだ！　するとなれば、たたきのめす、殺す気で殴る、蹴る、頭突きを見舞う。たとえ、歯が折れようが、鼻が潰れようが、絶対に退がらない。

相手が泣きを入れ、許しを乞うまでやり通す。心の芯さえ折れなければ、喧嘩は勝つ。ナイフを持ち出されたら、「刺せよ」と言って、ナイフの刃先をつかみ、己の胸を平手でたたき、笑みを浮かべて誘う。

「さあ、ここだ。外すなよ。心臓を深く、背中まで突き抜いて、刺せよ。一発でよ。一発で仕留めないと、今度は俺がおまえを殺す」。これで大概の人間は逃（に）げ出す。

「それが喧嘩論法というもんです」

神崎は喋り終えると、籐椅子から立ち上がった。そして、両拳をかまえるや、ワンツーを放ち、フットワークを使う。

ふっ、ふっと息を切り、パンチを繰り出す。

フック。アッパー。

ババッと空気を切る音が鳴る。足捌きも軽やかだ。

六十歳過ぎという年齢を感じさせない、躍動感に満ちた動きに、大谷老翁は見惚れる。

大谷老翁自身の人生も、まさに神崎のケンカ論法であった。政治家に何かを求め、仲介させようと、すり寄る者。見返りを期待する者、忖度する者……そういう行為が大嫌いで自分自身にもきつく戒め、日々を過ごす。その生き様は業界でも語り草であった。

「琉吾君、〝捌き〟には迷いは不必要だよ！　何も迷うことはないよ。結論を出すまでに最善を尽くし、考えた結果だ。己の裁量で進みなさい。それが、君が生きていく道なのだから。

話は変わるけどネ、最近、歳を取っていろいろと頭の中で考えが浮かんでくる。そうしていると、いろいろと他の分野のことにも目が行くようになってネ。今は文学に触れてみたいと思ってネ！　つい先日は、明治の文豪、夏目漱石の『草枕』を読破した。あのくだりの文章が良いね！

『智に働けば角が立つ
情に棹させば流される
意地を通せば窮屈だ
とかくに人の世は住みにくい』

まあ、琉吾君も、時間があれば本を読みなさい。本の活字を追うというもんは、心を大きく広くするもんだ！　現実から離れて考えることができる、それがネ、今を生きる原動力につながるのかもな」

神崎にとって大谷老翁の文学という考えは何を意味するものか、よく理解できなかった。まして文豪、夏目漱石の『草枕』……

自分にとっては全くの別世界のようにも思え、それがどうした！　それが〝捌き師〟の生き様に重要なのか？〝捌き師〟の原点は深い深い沼の底にあるのかも……

（俺は、俺の考えで突き進む。それで何ひとつ、後悔するものはない）

神崎自身は心の底からつぶやいた。

第四幕

——調査報告　その一——

「徒づれ」の中、座敷には神崎を中心に、政をはじめ、五人衆の姿があった。

　政がレポート用紙のメモを見ながら、

「——ャッ、親父さん！　どう考えても今回の対象はいろいろと納得がいかないところが多いんですよ！　翔ともいろいろ話をしているんですがネ！　こずえさんが自殺する前、否、他殺される前の普段の状況での姿が、書翰の中にあらわれていますよネ。貸金の返済を求めるという一文。それも、一億円というとてつもない金額。

　まあ、金額もそうですが、何を担保にしたんでしょう？　なぜ西口秀男と田上一政にそんな金を用立てたのか？　これってちょっと大きい疑問ですよ！

　それで、西口家というのはどれほどの家なのか？　余計なお世話だとは重々解ってます。が、西口家の財産はもとより、西口家の銭の流れを知る必要があると思いましてネ。その流れ、出納（すいとう）の解る人、長くかかわってきた人物、例えば、公認会計士、税理士じゃないかと――。まあ、それでいろいろ、手を尽くして探したんです。税理士のM氏。M氏は名前や話す内容等々はここだけの内緒で願いたい、この条件を約束の上なら話しても良いと……。

それにしても西口家、こずえさんの生家は大したもんですわ。旧家で相応の資産家だったんですね。こずえさんの父親、誠一さんが第十一代当主で、こずえさんが第十二代に当たるそうです。

その税理士のM氏によると、西口家の資産管理はこずえさんの母親、しず子さんが一人でされてきたそうです。父親、誠一さんはほとんどタッチせず、何も資産状況は理解されていなかったとの話。誠一さん亡き後も、しず子さんが一人で管理されてきたそうです。

金融機関は、昔からの付き合いのあるS町信用金庫一本で、収入源は、自分の宅地内にある三階建てマンション。全部で九世帯分の賃貸家賃分、一部屋六万円で全部で九世帯。合計月五十四万円、年間六百四十八万円の家賃収入。年間の維持修繕経費を二割と見ても年五百万円の運用資金が毎年積み立てられます。

その他にも、当然、こずえさん自身の役所退職金、現役時の月々の給料、それと父、誠一さんの資産、退職金、年金、保険金等々……これら全てですから、大きい金額になりますよ、預貯金の残高総額は。

ところが、税理士のM氏に言わせると、父親、誠一さんの実弟、西口正夫さんの息子、秀男さんが医大に入学した頃から、本家・西口家の銭が弟さんの正夫さんの方に流れ出したと言うのです。

こずえさんの従兄弟の秀男さんが私立の医大入学した時点で莫大な入学金、年度学費が必要で、そのほとんどを西口本家、兄の誠一さんが用立てたと……。

そうです。銭を貸してやったんです、弟のために、将来、返済するという約束で。ところが、こずえさんの父である誠一さんが亡くなると、貸した銭の返済はうやむやになったみたいで――」

翔が途中から口を挟む。

「そうなんですよ、親父さん！　こずえさんの一家は良い人ばかりです。父親誠一さん、母親しず子さん、そしてこずえさん本人、超が付くぐらい人が好いんですよ。

それに比べて、叔父、西口正夫さん、叔母、西口さきえさん、従兄弟の秀男さん、この家族は汚い、特に銭に対する考えが汚い!!

銭を貸してもらうときは、助けてほしいとか言って頭を下げて、いざ返済時になると『借りてない』とか、『あれは財産分与の一部で貰ったのだ』とか言って、返済を一度も実行していない! こずえさんが人間じゃないと言っていたそうですが、そう思いますネ。ワシは赤の他人です。でも腹が立ちますわ! あいつらのやり方にはね!

政アニィとも話をしたんですが、不思議に思えることがあるんです。

従兄弟の秀男さんが医大を卒業した後も、毎月のように定額の銭が、西口本家から叔父の正夫さんのもとへ流れているのです。このことは、税理士のMさんも気がついて、母親のしず子さんへ確認されたそうですが、『話すことはない』の一言で、一切、語られなかったと。

でもですよ! その銭の金額が、ある頃から多くなったと。こずえさんが県職員を辞したときぐらいから——どうも、それもちょっとおかしいのですよ。何か特別な事情があったのではないだろうか……」

真も口を挟んできた。

「親父さん！　西口秀男の親友、警察官の田上一政！　こヤツも相当ワルですわ！　根性も性格も人間性も、全てですよ。その上、女に対してもワル‼　もうどうしようもないヤツですよ！

　ワシの昔の仲間がS町にいましてネ、スナックやってるんです。その店を溜まり場にして、もう何十年も――。ワシのダチも文句を言いたいんだけど、何といっても現職のオマワリでしょう。その上、刑事（デカ）ですからね！

　飲み代も仕入れ代分しか払わんから……店も儲けが出ないと言ってました。

　ところがですよ！　高校の親友、西口秀男とかいうヤツと一緒に店に顔を出すようになった。医者と言っていましたよ。それからは、金払いが今までと変わって良くなったと。不思議そうに言ってましたよ！

　店の中で、二人のひそひそ話に聞き耳を立てていたら、途切れとぎれに聞こえた言葉は、

『いいカモ、こずえさまだな！　大事にするで！』

『なんぼでも銭はあるで！』

『全部引き出したろうぜ！』

『アイツは馬鹿で、気の弱いオトコオンナのようなヤツだから……ハッハッハッハッ……』

というんです」

政、翔、真の報告を黙って聞いていた神崎が目を見開いて、

「おい、政。大分調べが進んでいるようだがな、もう少し詳細に調べてほしい！　こずえと西口秀男、そして田上一政のつながり。どんな小さなことでも見のがすなよ！　必ず、つながりはあるはずだ！

それとな！　刑事（デカ）の田上一政の件は、俺の方でも手を打つから心配するな！　頼むぞ——十分注意してな！」

「はい！　承知しています。じゃ、次回は——」

――二人だけの同窓会――

「徒づれ」のカウンター席で神崎は一人の老紳士と酒を交わしていた。

その男――神崎の中学時代からの親友で、名前は桑木原洋一。

中学、高校と同じ学校で成績は彼がずっと一番、神崎は五番以内にはいた。天才とまでいわれた友、大学は日本で最高の国立大学、学部は法学部を卒業。国家公務員の第一種試験を一発で合格し、官僚として警察庁入庁、勤務数十年、最終肩書きは警察庁刑事局長で退官。天下りはせず、静かに身を引いて現在に至る。

店のカウンター席で、

「神ちゃん！　本当に久し振りだネ、二人で酒を飲むのは！　何十年振りだろう？　電話を貰ったときは吃驚したよ！　まさか、神ちゃんからとはネ……」

神崎は微笑んで頷き、日本酒の入った徳利を持って、桑木原の猪口に注ぎながら、

「洋ちゃんの元気な姿を見て、安心したよ！　フーちゃん、この男が、桑木原洋一さ

ん。そう、ボクの盟友、天才の親友だよ！　よく覚えておいてネ！」

「はいはい、神さん！　近頃では珍しいこと！　ご機嫌で！　よく覚えておきますよ。天才の桑木原洋一様！　まあ、今日はゆっくりして召し上がって下さいませ！」

「女将さん、有難うネ、女将さんは頭がいいネ。その上、美人さんだ。素晴らしい。店もですよ！　今日は神ちゃんとゆっくり飲みますよ！

　ところで神ちゃん、電話で言っていたあの件！　あれは神ちゃんの仕事なの！　あ、やっぱり神ちゃんらしく生きてきたんだネ。僕は嬉しいよ、友として。

　それで例の件ネ、他ならぬ、神ちゃんの頼みだから大丈夫だ！　僕のやり方で通しておくから……。そりゃネ、警察の中も一般社会と同じだよ！　根性の腐ったヤツもたくさんいるよ。それでも、中には人間らしい、男らしい、そういうヤツも案外いるんだよ！　全てのヤツらが、神ちゃんの思っているようなヤツらだけではない。僕も、何十年間も世話になった男だよ。そこのところは信用してほしい。

　頼むよ！　神ちゃんの話をたよりに、ことは進めていいよ！　裏で僕が采配を振るうから、何も心配しなくてやっててよ。まあ、神ちゃんの思うがごとく、ズバズバ進めていいよ、ＯＫ！」

桑木原の目は、神崎の目をじっと捉えていた。流石、長いこと、古武道を愛し、鍛錬をしてきた男だけのことはある。その辺りのヘナチョコな若い衆とは違う。カウンターのいすに座っていても、スマートに着こなしたスーツの上から、日頃鍛えた精神力と筋力が想像できる。

「あれは神ちゃん、二十歳のときか！　ご両親が交通事故で亡くなられる惨事が発生したのは！　僕は、神ちゃんは極道（アチラ）の世界から足を洗って、堅気の世界に戻ってくると、あのときは信じていた。それがまさか、背中に墨を入れて、本物の極道になった。僕はこの男は誠（まこと）の男道（おとこどう）を生きる、強い信念の持ち主と考えた。

二人の立場こそ、まったく正反対。神ちゃんは極道（ヤクザ）、僕は警察官（サツカン）――いやいや、不思議さを感じたよ！

でも、僕と神ちゃんはその後の人生で、何ひとつ貸し借りなしの人生を歩んだ。それは、お互い相応で大切に思っていたんだネ。そのことが今、実に壮快で嬉しいんだ。

引退した今、そう、今なら、神ちゃんの力になれることは何でもするよ。それが本当の友というもんだものネ」

「洋ちゃん、有難う、恩に着るぜ！　今日は二人で、めいっぱい飲もうぜ！　この店は今日は貸し切りだからさ！　なあ、フーちゃん！」

フーちゃんも笑顔で、煮物をハシで盛りつけながら二人に向かって、

「はい、はい、そうですよ！　どうぞ、神さん、洋さんの好きなようにして下さいませ。私も一杯いただきますからネ！」

神崎は、めいっぱいの笑顔で頷きながら心の中でつぶやいた。

（洋ちゃん、すまない。本当に有難う。お前さんがいてくれて、本当に助かるよ！　俺のかわいい弟子達も思う存分に仕事がやれるよ。本当に有難う。持つべき友の有難さ！　それも、男としての約束を守るべき、真の親友。天が与えて下さった一つの方策が……。でもあり難い！）

――調査報告　その二――

「徒づれ」の店の小上がりには、前回同様に神崎を中心に、政を含めた五人衆が打ち合わせ中である。

「親父さん！　ようやく謎が解けました！　なあッ、翔よ、ご苦労様だったな！」

政の得意そうな顔つきに、神崎は、

「おい、政、そう勿体振るなよ！　こずえの新しい行動がつかめたのかい、どうなんだい！　つながりは？」

政は真剣な表情で、神崎に向かって報告した。

「親父さん！　今から順を追って話をします。ちょっと長くなりますが、まあ、最後まで聞いて下さい！

こずえさんは自殺ではない！　他殺です。S町でワシの知り合いが軽食屋を経営しているのです。こずえさんが亡くなる日の前日、そのマスターとこずえさんが話をしたというのです。マスターは前からこずえさんと知り合いで、こずえさんが夕食を食べに店に顔をちょくちょく出してくれる仲だったそうです。マスターも昔はちょっとグレていましたが、今は堅気で真面目な人で、ファンもたくさんいるそうです。そのうちの一人がこずえさんで——こずえさんもご存知の性格ですから、丁度、気が合って仲良くなったのでしょう。

殺される前日のことをマスターから直にワシが聞きました。

従兄弟の西口秀男、警察官（サツカン）の田上一政に、今まで用立てた銭を返してもらうために、明日会う約束をしたと。ちょっと怖いが、僕は負けませんとマスターに言っていたと。

それで、マスターは何のためにこずえさんは銭を貸していたのか聞いてみたんですって。そしたらこずえさんが言うには、従兄弟の秀男の場合は、大学資金が全てだそうです。私立の医学部ですから並の金額ではない、国立の二倍から三倍はゆうに必要なんだって。その金を全部、死んだ親父が弟の西口正夫に貸してやったんだと。詳細は話さなかったけど、その金額は何千万円の単位だそうです。

こずえさんが県職員として働き出して、その後、父親が亡くなってからは、お母さんのしず子さんに金の無心をしたらしいのです。その理由をマスターが突っ込んで聞くと、こずえさんが『今から喋ることは、マスターの胸の中に納めておいて下さい！約束ですよ！』と言ったそうです。

　実はこずえさんが、高校二年生のとき、こずえさんと母親、しず子さんは、男女の関係に落ちたそうです。いやはや、吃驚仰天ですよ！　まあ、母親とこずえさんは、年齢差は二十歳位しかなく、本当に母親は若く見えたそうで……。しず子さんは、こずえさんが生まれたときから小学生、中学生となっても、ずっと溺愛していたらしいですから。

　しず子さんは、義弟・正夫に、こずえさんとの男女の関係を知られると、それをネタに恐喝されて、銭を貸していたんだそうです。義弟・正夫が亡きあとは、義妹・さきえがその事実を知って、今度は息子の秀男と共謀して、無心を始めたそうです。その上、従兄弟は親友の警察官の田上一政にこの話をし、二人で組んでこずえさんを脅しまくって、金の無心をしたのだと。

　こずえさんは、長く我慢してきたのだが、両親が亡くなったので銭を返済してもらおうと決心して、今回、会う約束を自分からとりつけて……」

「そうか！　それで銭を返すどころか、秀男と田上は二人で共謀して、こずえさんを薬殺したのか！　それを自殺に見せかけてか！　あのくそ野郎!!　――」

源も口を挟んで、

「でもネ、親父さん！　ワシは、こずえさんが母親との関係、人間としての一線を越えなかったら、こういう結果は出なかったんでは！　ワシはそこがちょっと、考えられませんのや！　何でや！　母親とですよ？　男と女の関係に、何でや!!」

卓上のコップ酒をぐっと飲んで、政が、叫ぶように言った。

「そうだろうな！　源！　そのことは難しいだろうな！　善いこと、悪いこととして、きっちり線を引いて生きられるもんでもないよ！　こずえさんも一人で長いこと悩み、苦しんでいたと思うよ！　一連の事実を引き起こした自分の行動の全てを！　だから、書翰の中に一文もそのことを書いていないだろう？　自分が一番解っているから――そう思わないか？

でもな、その事実に付け込んで、銭を無心するなんぞ、ゲスのすることよ！　人間

じゃないよ！　許せないな‼

親父さん！　こずえさんの捌きの案件の調査は、今、話したことで一応終わります。あとは親父さんの指示に従います。ワシをはじめ、ここにいる五人全員、親父さんと一体の人間ですから。言うまでもなく、安心して使って下さい」

政、他四人の弟子が姿勢を正して、神崎に深く頭を下げた。

第五幕

――裁量――

「徒づれ」の、店の中は何とも言えぬ静かな風が流れている。

神崎をはじめ、フーちゃん、政、翔、直、源、真……、一人として明るい表情の者はいない。暗く、全員が目を落として沈んだ顔つきである。

そんな中、神崎が静かに口を開いた。

「なあ、みんな！　今回もいろいろと有難うな。お礼を言うよ！　いつものこととはいえ、この仕事の重要さは〝調べ〟にあるんだ、しっかりと〝調べ〟をしておかないと大変な誤解を招く。まあ、お前達なら間違いはないと、いつも信じて仕事をやってもらっている。今回のこずえに対する西口秀男と田上一政両名の行為は、人間という領域を遥かに超えて、弱者を追い込むやり方で、これはまさに人間の屑である、屑は屑のように扱わなければいけない。

西口秀男の場合、現職の医者という、人格上位の職位にありながら、人を騙し、その上、自分の自由にならなかったら自分が使用する薬で殺しを実行する。これは絶対に許されることではない。

西口秀男は、生き地獄の池に放り込め。五年から十年の労苦と努力で人間界の星となることもできよう。ただ、その道を己の努力で切り開くことができるかどうかは定かではない。

田上一政は自分の現職が、この人間社会でどれだけ必要なものであるのかを、もっともっと己で知らなければならなかったのだ。非常に重大、かつ重要な責務を担う職域であるにもかかわらず、私利私欲のために取った行動は畜生以下の下劣なものであろう。

現在の全ての地位、財産を取り上げてその惨めさを知ることが、人として生きる考えを生むであろう。

生き地獄に放り込め。コヤツも、五年から十年の労苦と努力で、池の底から這い上がることが許されるかもしれない。そのときに人間界で星として輝くことができるであろうか。それも本人次第であろう！

政よ！　二名の〝捌き〟の裁量は以上である。今回は政を中心に、翔、直、源、真で力を合わせて裁量を実行しろよ!!」

（政！　今回は一人の捌き師、男としてやってみな！　俺らがそばから見ててやるからな!!）

「親父さん！　この政が、やらせてもらいます。ワシの命を懸けて、ワシの考えた案で実行します。二度と悪事に手を出さぬように、きつく責めを負わせます。任せてもらいます……」

「徒づれ」での打ち合わせは終了した。

神崎は微笑んで、

「フーちゃん！　全員に〝清め酒〟を出してやってほしい。フーちゃんも飲んでよ！　今日はゆっくりと飲んでから帰ってほしいから――」

エピローグ

神崎は久し振りに「徒づれ」にいた。一人、カウンター席で、自分の一番好きな酒を、ゆっくり、寛ぎながら飲んでいた。

客は神崎一人であった。外は雨がしとしとと地面を濡らしていた。ラジオで昨日から梅雨入りしたと流していた。

「神さん！　もう疲れは取れたの？　今回は、相当ハードな様子に見えたから……大丈夫なの？」

女将（ママ）のフーちゃんが気に掛けて話しかける。

「ああ！　大丈夫だよ！　有難うよ！　フーちゃん！　心配はいらないよ、ボクの体はもともと、そういう風にできているんだろうネ！　今日、こうして旨い酒を飲めば、もう元気百倍だよ！　大丈夫！」

神崎が両腕を回したり、上下に動かしたりして、ニッコリと微笑んだ！

「神さん。ネエ、こずえさんは、本当にネ、母親とのことよ、私は薄々気がついていたけどネ……どう思っていたの、神さんは？　私には教えてほしいの！」

お客は神崎一人である。他の人に聞かれる心配もない、流石、フーちゃんだ！

「そうだネ。ボクは何も思ってないよ。こずえと母親の関係のこと、深く考えてもいないよ！　でも、フーちゃんの考えていることが正道なのかもしれない！　ボクは邪道の人間だからさ！　よく解らないよ！」

「……だってネ、源さんと政さんも言っていたけど、こずえさんも母親とのことがなければ、何もない生き方ができたのに……って。人間ってどこで何が起こるか解らないものネ！　今回の件で私、つくづくそう思ったわ！」

「そうかい！　あれはずいぶん前のことだけど、こずえが酒の席で、ボクにつぶやいたんだ。

《神崎さん！　人は生まれてからずっと死に向かって疾走しているんです、つまりですよ、死がゴールってわけ！　生まれた環境や人生の有り様は、人それぞれ違うけど、最終的なゴールは同じってこと。そこが、人間が人間として一番公平に扱われる場所なんですよ！　解りますか!!》

……と、ボクに説教したんだよ！　ボクは、そのとき深くは追及しなかったけれど、こずえは何か、相当重いものを胸の中に抱いているなと解ったんだ。だから言ってやったんだ！

《人はな、誰でも過ちを犯すんだよ。善いと思ってやったことだって、悪いことにもなる。初めから悪いことと思って、物事をやる人はあまりいないもんだよ！　でも、過ちを犯したら、それを償えばいいんだ。それで十分なんだよ！》

だからさ、フーちゃん！　こずえは自分の一生をかけて償ったじゃないか！　父親の最期、母親の最期まで一人で自分の家で看取ったじゃないか！　立派だよ！　それで十分、自分のした過ちをきれいに償った男だよ！　ボクは友として最高の男と思っているよ。そしてネ、誇りに思っているよ！　なあ、フーちゃん！」

「……そうね！　神さん……」

と言いながら、フーちゃんは目頭を両手で押さえた。

人は生まれてくる……が死がある。

そのときの長さや、男女の違いはあっても、必ず死がある。

だからこそ、生きている間に感謝の気持ち、楽しみ、喜びを満喫しないと、与えられた時間の重要さに意義が見いだせないんだ！

人間は一度の過ちを、二度も、三度も繰り返す。

それが人間の習性なのかもしれない！

故に〝捌き師〟は必要なのであろうか。


（了）

あとがき

この小説を読まれている諸氏の方々に厚く御礼申し上げます。

『「不条理」神崎琉吾のサバキ師　―魂の行き先―』は、人としてこの世に生を受け、辛くとも生きていく一人の人間、西口こずえの一生を背景に、極道の世界から足を洗った主人公・神崎琉吾が捌き師として元の仲間とともに不条理を晴らす小説です。

天下国下の法で「サバク」ことが出来ない実情を「裁き」ではなく、神崎流の遣り方で「捌き」というのがこの小説の醍醐味なのです。短編ではありますが、主人公・神崎琉吾の慈悲を感じ取って下さることをお願いし、どうか多くの人達が一人でも多く、この本に眼を通されることを期待しております。

また、この度の小説『「不条理」神崎琉吾のサバキ師』を出版するに当たり、文芸社出版企画部、砂岡正臣氏、文芸社編集部、宮田敦是氏には大変な御助力を賜わり厚く御礼申し上げます。

令和五年十二月

山賀幸道

（了）

著者プロフィール

山賀 幸道（やまが こうどう）

1951年生まれ、島根県出身。

専門学校、私立大学（夜間部）を卒業。

中堅ゼネコン（建設会社）研究所を経て、会社経営に携わる。退職後、野武士哲学と称し、哲学、儒教の四書、漢籍、等に親しむ。

著書に『諸刃（もろは）の憲（けん）（春）』（2021年、文芸社）、『諸刃（もろは）の憲（けん）（夏）』（2022年、文芸社）がある。


「不条理」 神崎琉吾のサバキ師 ――魂の行き先――

2024年３月15日 初版第１刷発行

著　者　山賀 幸道
発行者　瓜谷 綱延
発行所　株式会社文芸社
〒160-0022 東京都新宿区新宿1－10－1
電話 03-5369-3060（代表）
03-5369-2299（販売）

印刷所　株式会社フクイン

ISBN978-4-286-25147-9